Ravensburger Kinderbücher
Herausgegeben von
Hans-Christian Kirsch

Gudrun Pausewang

Auf einem langen Weg

Was die Adamek-Kinder erlebten, als der Krieg zu Ende ging

Illustriert von Hilke Peters

Otto Maier Verlag Ravensburg

Notiz zum Illustrator:
Hilke Peters ist Kunsterzieherin und lebt in Hamburg. Sie schreibt zur Zeit noch an ihrer Doktorarbeit, um ihr Zweitstudium Soziologie abzuschließen. Daneben arbeitet sie als freiberufliche Grafikerin (Buch- und Zeitschriften-Illustration). Von ihr stammen auch die Illustrationen zu „Die Not der Familie Caldera“ von Gudrun Pausewang.

Von Gudrun Pausewang sind in der „Ravensburger Jungen Reihe“
bisher folgende Bücher erschienen:
„Und dann kommt Emilio“ (jetzt lieferbar in den
„Ravensburger Taschenbüchern“, Band 362)
„Kunibert und Killewamba“
„Die Not der Familie Caldera“

CIP-Kurztitelaufnahme der Deutschen Bibliothek

Pausewang, Gudrun
Auf einem langen Weg: was d. Adamek-Kinder
erlebten, als d. Krieg zu Ende ging. –
1.–6. Tsd. – Ravensburg: Maier, 1978.
(Ravensburger Kinderbücher)
ISBN 3-473-35040-0

Umschlagkonzeption: Hans-Peter Willberg
Umschlaggestaltung: Hilke Peters
Gesamtherstellung: Druckhaus Ernst Kaufmann, Lahr
Printed in Germany 1978
ISBN 3-473-35040-0

Was in diesem Buch erzählt wird, ist im letzten großen Krieg geschehen, hier in Deutschland. Viele Erwachsene erinnern sich noch genau an diese schlimme Zeit. Die meisten von ihnen waren damals selber noch Kinder.
In allen Kriegen sind immer die Kinder am schlechtesten dran.

Wie die Adameks Hals über Kopf von daheim fort mußten

Es gab schon seit vier Wochen keine Schule mehr, weil die Feinde immer näher an die Stadt heranrückten. Anfangs konnte man den Kanonendonner nur hören, wenn der Wind aus der Richtung der Front wehte. Aber bald hörte man ihn immer – wie der Wind auch stand. Als er so laut wurde, daß er den Adameks und allen anderen Leuten, die in dieser Stadt wohnten, bei geschlossenen Fenstern in die Zimmer dröhnte, kam Frau Adamek eines Tages aus der Fabrik heimgelaufen, mitten am Vormittag.
Werner und Achim sahen sie erstaunt an, als sie ihr die Tür öffneten. Sie war nicht so wie sonst. Sie war aufgeregt.
„Jetzt ist es so weit", rief sie nervös. „Wir müssen weg. Heute abend müssen wir auf dem Bahnhof sein. Wir werden in den Westen gebracht."
Achim verstand nicht, worum es ging. Er war ja auch erst sechs Jahre alt. Werner aber wußte, was das bedeutete: Die Feinde würden die Stadt bald beschießen, um sie zu erobern. Deshalb sollten vorher alle Frauen mit Kindern und alle Alten und Kranken fortgebracht werden.
„Los", rief die Mutter, „steht nicht so rum, wir müssen packen! Wir haben nur bis heute abend Zeit.

P
O
BKC
H5

Und ich hab die nasse Wäsche noch auf dem Dachboden! Mein Gott, dieser verdammte Krieg! War der denn notwendig? Und so viel Eingemachtes im Keller – für die Katz!"
„Ich nehm den Teddy mit", sagte Achim entschlossen.
„Den Teddy?" rief die Mutter. „Ja, was glaubst denn du? Meinst du, wir kriegen einen Möbelwagen wie bei einem Umzug? Wir dürfen nur mitnehmen, was wir tragen können!"
„Ich trag ihn ja auch", sagte Achim. „Es braucht ihn niemand anderer zu tragen."
„Und die Kleider? Und die Schuhe?" rief die Mutter gereizt. „Und Vatis Sachen? Und das gute Silberbesteck? Die Fotoalben? Die Bettwäsche und das teure Kaffeeservice, das mir Tante Leni zur Hochzeit geschenkt hat? Ach Gott, und die Nähmaschine!"
Frau Adamek ließ sich auf den nächsten Stuhl fallen und brach in Tränen aus. Erschrocken kroch Achim auf ihren Schoß und zog ihr die Hände vom Gesicht.
„Ach, wein doch nicht, Mutti", bat er und war selber schon den Tränen nahe. „Ich helf dir ja. Ich trag dir die Nähmaschine."
Da mußte Frau Adamek trotz ihres Kummers lachen.
„Du mein Guter, du", schluchzte sie und drückte ihn an sich.
Werner aber stand noch immer neben der Tür. Er dachte nach. Er war ein guter Nachdenker. Er war ja auch schon zehn Jahre alt.
„Und was wird mit den Möbeln und allem, was hier bleibt?" fragte er.

„Es heißt, es wird alles bewacht werden“, seufzte die Mutter. „Wer etwas aus den Wohnungen stiehlt, soll erschossen werden. Aber wie kann man so viele Wohnungen bewachen? Es sind doch fast alle Männer an der Front. Das wird uns nur gesagt, damit wir getröstet fortgehen sollen. Ich weiß genau: Wenn wir wiederkommmen, wird die Hälfte weg sein.“
„Und wann kommen wir wieder?“ fragte Werner.
„Wenn der Krieg aus ist.“
„Und wann ist er aus?“
„Schluß jetzt!“ rief die Mutter und sprang auf. „Du fragst mich noch kaputt, wo ich doch jetzt an Wichtigeres zu denken habe. Wann er aus ist? Wahrscheinlich sehr bald, wir sind ja fest am Verlieren. Da kann man uns noch so viel erzählen, daß wir bald siegen werden, aber wo soll denn der Sieg herkommen, wenn von allen Seiten die Feinde ins Land eindringen? Das eine sag ich dir, Werner: Wenn wir verlieren, dann bleibt uns nichts von all dem, was wir hier in der Wohnung haben. Dann kommen wir heim – wenn wir überhaupt je heimkommen! – und die Wohnung ist ratzekahl leer!“
Sie setzte sich wieder hin und schluchzte.
„Wo wir doch elf Jahre dafür gearbeitet haben, der Vati und ich, daß wir’s zu was bringen – zu den Möbeln und den Bildern und dem allem!“ Ihr Blick fiel auf die Topfblumen auf der Fensterbank. Ein neuer Schreck durchfuhr sie.
„Die gehen jetzt alle ein!“ jammerte sie. „Auch der Gummibaum! Wo ich doch solche Mühe hatte, ihn zu ziehen. Wenn ich den wenigstens durchbrächte! Werner, lauf zu Frau Sagner rüber, die bleibt noch

hier, und frag sie, ob ich ihr den Gummibaum rübergeben kann, während wir weg sind, und auch das Eingemachte. Sonst machen sich die Russen drüber her. Was meint ihr, wie die über das gemischte Kompott herfallen würden! Nimm den Achim mit, der ist mir beim Packen nur im Weg."

Als Werner von Frau Sagner zurückkam, war die Mutter schon in aller Hast dabei, Kleider und Wäsche zu sortieren und in den großen Koffer zu schichten.

„Was hat sie gesagt?" fragte sie über die Schulter.

„Sie hätte schon sechs Gummibäume von anderen Nachbarn übernommen, aber sie würde unseren auch nehmen", berichtete Werner. „Wir sollen den Namen auf den Blumentopf schreiben, damit es keine Verwechslung gibt."

„Gott sei Dank", seufzte Frau Adamek. „Und das Eingemachte?"

„Sie nimmt's", sagte Werner. „Sie hat schon die Kellertür aufgeschlossen und hat mir den Platz im Regal gezeigt."

„Dann geh und trag's rüber", sagte die Mutter. „Aber beeil dich. Es gibt noch viel zu tun. Und vergiß auch den Gummibaum nicht."

Sie zog ihn plötzlich an sich, küßte ihn und sagte: „Wenn ich dich nicht hätte, du mein Großer! Mit wem könnte ich dann das alles besprechen? Und wer würde mir helfen?"

„Ich will dir doch auch helfen, Mutti", rief Achim gekränkt.

„Ach ja", sagte Frau Adamek und mußte lachen, „natürlich, das hatte ich ganz vergessen. Dann stell mal ein paar Kartoffeln auf. Wir müssen ja trotz allem noch was essen."

Zu diesem letzten Mittagessen, das sie daheim aßen, gab es nur Pellkartoffeln, Quark und ein winziges Stück Butter. Das war immer das Waschtag-Essen gewesen.

„Und wo werden wir hinkommen?" fragte Werner, während sie hastig aßen.

„Es heißt", antwortete Frau Adamek mit vollem Mund, „wir sollen in hessische Dörfer gebracht werden."

„Ist das in Amerika?" fragte Achim gespannt.

„Ha!" rief Werner. „Amerika! Hessen, das liegt auch in Deutschland, aber weiter im Westen."

„Sicher kriegen wir dort nur ein einziges Zimmer", seufzte die Mutter. „Die Wohnungen sind ja so knapp, seit in den großen Städten alles zerbombt ist. Die Dörfler werden von uns nicht begeistert sein. Wegen uns werden sie zusammenrücken müssen. Ein ganzer Zug voll Leute soll heute abend abgehen, und morgen noch mal einer oder zwei. Ihr werdet euch dort in Hessen an eine andere Schule gewöhnen müssen, und an eine andere Mundart. Zuerst werdet ihr die Leute gar nicht verstehen."

Achim staunte.

„Eigentlich freu ich mich", sagte er. „Ich glaube, das wird eine spannende Sache."

Werner hörte nicht zu, er grübelte.

„Und wenn der Krieg aus ist und der Vati kommt heim, und unsere Wohnung ist leer und wir sind nicht da?" fragte er.

„Wenn wir in Hessen angekommen sind und die

neue Adresse haben", antwortete Frau Adamek, „werde ich ihm gleich schreiben. Sonst steht er große Angst um uns aus. Er wird ja erfahren haben, daß die Front schon ganz nahe vor unsere Stadt gerückt ist."
„Warum ist er auch Soldat geworden!" rief Achim. „Wenn er jetzt hier wäre, könnte er mit uns fahren!"
„Wie du dir das so vorstellst", seufzte Frau Adamek. „Glaubst du, er ist freiwillig Soldat geworden? Er wäre viel lieber daheim geblieben, bei uns, und hätte weiter im Büro gearbeitet, wie vor dem Krieg. Aber im Krieg müssen eben alle Männer Soldat werden, wenn sie gesund und noch nicht zu alt sind, sonst werden sie bestraft. Ob sie den Krieg gewollt haben oder nicht und ob sie zum Soldaten taugen oder nicht, danach fragt niemand. Mich wundert ja manchmal, daß er überhaupt noch lebt. Wenn ihm bloß nicht noch was passiert, jetzt so kurz vor dem Ende. Wißt ihr, eigentlich ist es ja auch egal, ob der Gummibaum eingeht oder ob die Russen sich über das Eingemachte hermachen – wenn wir nur alle vier gesund bleiben und den Krieg überleben. – Und jetzt lauf hinüber zu den Rebsams, Werner, und kauf ein, was ich dir hier auf den Zettel geschrieben habe. Es ist die letzte Märzwoche, wir müssen schnell kaufen, was wir noch auf den Lebensmittelkarten haben, sonst verfallen sie uns, bis wir dort angekommen sind. Denn wer weiß, wie lange die Reise dauert."
Dann sprang sie, noch kauend, wieder auf und packte weiter.

Es war schon finster, als die Adameks das Haus verließen, in dem sie so lange gewohnt hatten. Es lag

dunkel hinter ihnen. Es sah aus wie tot. Die Bieleks aus der unteren Wohnung waren schon weg.
Achim konnte es kaum erwarten, bis die Reise begann. Er lief voraus. Aber Frau Adamek weinte. Ihre Tränen tropften auf den Wohnungsschlüssel in ihrer Hand.
„Dreht euch noch einmal um, Kinder", schluchzte sie, „wer weiß, wann wir wiederkommen und ob dann das Haus noch steht."
„Warum soll das Haus dann nicht mehr stehen?" fragte Achim erschrocken.
„Die Kanonen", schluchzte die Mutter. „Die machen vor nichts halt. Und es werden Brände ausbrechen. Und dann die Panzer. So ein Haus ist schnell kaputt."
Achim sah sie entsetzt an.
„Aber der Teddy!" rief er. „Der Teddy ist doch noch drin!"
Er fing laut an zu weinen.
„Hör auf zu heulen", sagte die Mutter müde. „Wir alle lassen ja drin, was wir lieb haben."
Werner sah das Haus noch einmal nachdenklich an. Er besaß sieben Bücher. Oben standen sie im Regal. Sechs davon hatte er schon gelesen, eins sogar zweimal. Nur das siebente, das hatte er nicht mehr geschafft, das vom letzten Weihnachtsfest. Nun stand es ungelesen da oben. Vielleicht, wenn die Kanonen das Haus träfen, würde es zerfetzt werden oder verbrennen. Wo es doch ein Recht darauf hatte, gelesen zu werden!
Und noch etwas anderes machte es ihm schwer, von daheim fortzugehen: sein Beet. Er hatte doch in die-

sem Frühling Karotten säen wollen. Wenn sie zurückkämen, würde es dafür längst zu spät sein. Vielleicht lagen auch dann schon die Trümmer des Hauses darüber!

Auf einmal fiel ihm ein, daß er nicht wußte, welche Farbe das Haus hatte. War es grau? War es gelb? Er hatte nie darauf geachtet. Aber jetzt war es zu spät. Es war ja finster.

Frau Adamek klopfte gegenüber bei Frau Sagner und gab ihr den Wohnungsschlüssel.

„Machen Sie sich nur keine Sorgen", sagte Frau Sagner und legte ihre Hand auf Frau Adameks Schulter. „Ich werde öfter mal rübergehen und die Topfpflanzen gießen. So lange es in meiner Macht steht, wird alles in Ihrer Wohnung in Ordnung bleiben."

„Und könntest du meinen Teddy zu dir holen?" fragte Achim mit verweintem Gesicht. „Er ist ganz allein in der Wohnung. Ich glaube, er hat Angst."

„Mach ich", sagte Frau Sagner. „Ich werde ihn hier auf mein Sofa setzen, da ist er nicht allein."

Achim nickte erleichtert.

„Und nun wünsche ich euch dreien noch eine gute Reise", sagte Frau Sagner und schüttelte Frau Adamek die Hand. „Eine Nacht und einen Tag, dann seid ihr in Sicherheit. Ihr habt's gut."

„Wenn Krieg ist", antwortete Frau Adamek, „gibt es nirgends im ganzen Land vollkommene Sicherheit. Bomben können überall fallen, wenn's der Zufall will."

„Na ja, der Zufall", sagte Frau Sagner. „Aber hier in der Stadt wird gekämpft werden, das ist so gut wie sicher. Wer weiß, was uns noch blüht. Ich schlafe schon seit Wochen nicht mehr richtig. Das haben wir nun davon, daß wir den Krieg angefangen haben: Die Russen werden ihre ganze Wut an uns auslassen!“

Werner starrte sie an und grübelte. Während sie zum Bahnhof wanderten, horchte er auf den Kanonendonner. Ihm graute.

Wie die Bomben fielen

Der Zug fuhr erst kurz vor Mitternacht ab. Die ganze Zeit, während sie in dichtem Gedränge erst auf dem Vorplatz, dann in der Halle, zuletzt auf dem Bahnsteig warteten, hörte Werner die Geschütze donnern.
Frau Adamek wurde, als der Zug endlich da war, mit ihren beiden Jungen in den vorletzten Waggon geschoben, in ein Abteil, das sich innerhalb von fünf Minuten mit Menschen und Gepäck füllte. Sie konnte nur für sich selber einen Sitzplatz ergattern. Achim und Werner kauerten sich vor ihren Füßen auf den großen Koffer und lehnten sich gegen Ranzen und Rucksäcke. Es war ein breites Abteil, ein Abteil für Traglasten, wie sie es früher gab. Darin herrschte eine stickige Luft, aber es war wenigstens warm. Denn die Jungen hatten zwei Hosen und zwei Pullover übereinander an und noch einen Mantel. Frau Adamek trug einen Trainingsanzug, darüber ein Kleid, und dann noch ihren Sommer- und ihren Wintermantel. Sie sah ziemlich dick aus, obwohl sie in Wirklichkeit schlank war. Sie wollte ja möglichst viel von der wenigen Kleidung, die sie noch besaßen, in Sicherheit bringen. Denn damals im Krieg konnte man nicht einfach in die Läden gehen und kaufen, was man wollte. Es gab fast nichts. Aus alten Klei-

dern mußte man neue schneidern. Deshalb nahmen alle Leute so viel an Kleidung mit auf die Reise, wie sie nur schleppen konnten.

„O guckt mal“, rief Achim, „Herr Wessel ist auch da, und Erni!“

Herr Wessel, ein alter Mann aus derselben Straße wie die Adameks, lächelte und winkte den Adameks zu. Er war früher Eisenbahner gewesen. Seit Herr Adamek nicht mehr daheim war, hatte Herr Wessel den Adameks während des Winters oft geholfen, den Bürgersteig vom Schnee freizuhalten. Er saß in der anderen Ecke des Abteils.

Und Erni, ein kleines Mädchen mit abstehenden Zöpfen, das Achim aus dem Kindergarten kannte, kletterte über das aufgestapelte Gepäck zu Achim herüber und sagte: „Wir bleiben aber nicht dort, wo sie uns jetzt hinfahren. Wir gehen zu unserer Oma nach Esch. Dort werden wir's besser haben. Habt ihr keine Oma, zu der ihr gehen könnt?“

Achim schüttelte den Kopf.

„Wir haben nur eine Tante“, sagte er. „Die heißt Leni.“

„Dann fahrt doch zu der“, sagte Erni.

„Mutti“, fragte Achim. „Warum fahren wir nicht zur Tante Leni?“

„Machen wir vielleicht“, sagte Frau Adamek. „Wenn es dort, wo sie uns hinbringen, nicht zum Aushalten ist. Wir wollen erst mal abwarten. Wenn's nicht nötig ist, wollen wir ihr nicht zur Last fallen. Komm auf meinen Schoß, Achim, du bist müde.“

Hocherfreut kletterte Achim auf Muttis Schoß. Dort

war man sicher. Er legte seinen Kopf auf ihre Schulter, schlang seine Arme um ihren Nacken und vergaß noch im selben Augenblick, sich weiter mit Erni zu unterhalten. Die kroch wieder zurück zu ihrer Mutter auf der anderen Abteilseite.

Übermüdet von der langen Warterei schliefen die beiden Adamek-Jungen ein, noch bevor der Zug abfuhr. Aber Frau Adamek schlief noch nicht ein. Sie hatte Kopfschmerzen von der stickigen Luft und dem ganzen Wirbel der überstürzten Abreise und dem Lärm im Abteil: Kinder quengelten, Türen wurden aufgerissen und zugeknallt, Fragen schwirrten hin und her. Sie schaute sich um. Die meisten Gesichter kannte sie: Nachbarn oder Leute aus den umliegenden Straßen. Sie grüßte und wurde zurückgegrüßt, sie mußte sich Klagen anhören und hatte doch selber den Kopf voller Sorgen.

„Dieser verfluchte Krieg!“ rief jemand.

„Eins sage ich euch“, überschrie eine alte Frau schrill alle anderen Stimmen, „von unserer Stadt bleibt kein Stein auf dem anderen! Das ist von einer Hellseherin schon vor zweihundert Jahren geweissagt worden, ich hab's im Kalender gelesen!“

„In jedem Krieg geht's mal auf und mal ab“, sagte ein junges Mädchen, aber niemand hörte auf sie.

„Und das Schlimmste ist“, sagte Herr Wessel, „daß man nichts erfährt. Die da oben schieben uns rum wie Vieh, und wir müssen uns das gefallen lassen. Unsereiner wird nicht gefragt. Wenn's nach mir gegangen wäre, hätten wir diesen Krieg nie angefangen. Ein einziges Land gegen die halbe Welt – das kann ja nicht gutgehen!“

„Seien Sie doch still“, sagte jemand, „Sie bringen sich ja noch um Kopf und Kragen.“

Als dann der Zug abfuhr, wurde es langsam ruhig im Abteil. Alle waren ja erschöpft, nicht nur die Kinder. Auch die Erwachsenen begannen vor sich hinzudösen oder schliefen ein.
Im Abteil brannte nur ein trübes Lämpchen. Es durfte kein Licht hinausschimmern, um die feindlichen Bombenflugzeuge nicht anzulocken. Vor den Abteilfenstern hing schwarzes Wachstuch, das tagsüber hochgerollt wurde. Auch die Laternen auf den Bahnhöfen waren nach oben abgeschirmt.
Und trotzdem, vielleicht ganz zufällig, wurde der Zug, in dem die Adameks saßen, nach zwei Stunden Fahrt zerstört. Niemand im ganzen Zug ahnte, daß sich ihnen eine solche Gefahr näherte. Niemand hörte die Alarmsirenen in den Orten. Die Geräusche des Zugs übertönten das scharfe Summen in der Luft.
Gerade, als die Lokomotive vor dem roten Haltesignal eines Bahnhofs zum Stehen kam, fiel die erste Bombe. Sie fiel zwischen das Haltesignal und den Bahnhof. Der Mast mit dem roten Signal stürzte um. Der Bahndamm wurde aufgerissen. Schienen, Schwellen und Schottersteine wirbelten durch die Luft. Es krachte so laut, daß sogar die Kinder aus dem Schlaf fuhren.
„Jetzt sind wir dran!“ kreischte jemand in Adameks Abteil.
Werner sah im Erwachen, wie seine Mutter mit schreckverzerrtem Gesicht aufsprang und Achim an

sich preßte. Zu einem Schrei blieb ihm keine Zeit, denn schon fiel die zweite Bombe. Sie stürzte ein paar Meter vom sechsten Waggon entfernt in eine Feldscheune, die dicht am Bahndamm stand, und riß sie auseinander. Vier Waggons wurden durch den Luftdruck aus den Gleisen gedrückt. Sie stellten sich schräg. Ihre Fensterscheiben wurden mitten zwischen die Passagiere in die Abteile gefegt, die Seitenwände wurden eingedrückt. Der sechste Waggon wurde ganz und gar aufgerissen.

„Alles raus! Alles in Deckung!" brüllte der Lokomotivführer und sprang aus der Lokomotive.

Aber es war viel zu spät, um irgendwo Deckung zu suchen. Die dritte Bombe viel in eine Obstwiese neben den beiden letzten Waggons. Die entgleisten und kippten über die flache Böschung hinab. Der vorletzte Waggon blieb mit dem Dach nach unten liegen.

Die letzte Bombe traf den Friedhof der Stadt und wirbelte Kreuze, Grabsteine und Knochen durcheinander. Danach entfernte sich das Gesumm in der Luft.

Als Werner wieder zu sich kam, hörte er irgendwo schräg unter sich seinen Bruder schreien. So hatte Achim noch nie geschrien. Es klang, als bekäme er nicht genug Luft. Er schrie nicht allein. Viele Stimmen schrien, weinten und stöhnten durcheinander. Es war stockdunkel im Abteil. Werner begriff zuerst nicht, wo er war, denn auf ihm lag irgendeine schwere Last. Er tastete. Es war der große Koffer, auf dem er geschlafen hatte.

„Mutti!" rief er voller Angst, aber niemand antwor-

tete. Er versuchte sich aufzurichten, aber da trat er auf etwas Weiches, das sich bewegte. „Mein Arm!“ schrie jemand, und eine andere Stimme jammerte immer wieder: „Das ist das Ende!“
Und dort, wo Achims Stimme herkam, war auch noch ein entsetzliches Stöhnen.
Hier war etwas Furchtbares geschehen, das begriff Werner allmählich. Aber wo war die Mutti? Sie mußte doch hier drin sein!
„Mutti!“ rief er noch einmal ins Dunkel, „hier bin ich! Und Achim liegt da drunter!“
Neben ihm bewegte sich etwas und stieß ihn an.
„Mutti“, sagte er glücklich, aber sie war es nicht. Er fühlte einen fremden Mantel, und eine fremde Frauenstimme fragte: „Bist du's, Norbert?“
Da ließ er enttäuscht los und wehrte die Hand ab, die zärtlich nach ihm tastete.
Der Schein einer Taschenlampe geisterte durch das Abteil, dessen Fußboden jetzt zum Dach geworden war. Jemand stand auf dem Gepäcknetz und hielt sich an einem Bein der Sitzbank fest. Werner erkannte ihn. Es war Herr Wessel. Die Taschenlampe hielt er in der freien Hand. Er leuchtete das Abteil ab. Werner merkte, daß er einen Ausgang suchte. Er rüttelte am umgekehrten Türgriff, aber die Tür schien verklemmt zu sein. Da schlug er mit seiner Taschenlampe die Reste der Scheibe heraus und versuchte durch das Fenster hinauszukriechen.
„Mutti! Mutti!“ hörte Werner Achim halberstickt keuchen.
„Achim!“ rief Werner. „Warte nur noch einen Augenblick, wir holen dich gleich raus!“

Mühsam zwängte sich Herr Wessel hinaus. Eine Frau drängte ihm nach. Werner glaubte zuerst, es sei seine Mutter, aber als ein Strahl der Taschenlampe sie streifte, sah er, daß sie es doch nicht war.
Die Feldscheune war bei der Explosion in Brand geraten. Ihre Reste brannten lichterloh und beleuchteten den Zug. Der Feuerschein fiel auch in die Abteilfenster des vorletzten Waggons. In diesem spärlichen Licht kletterte Werner auf die Unterseite des Gepäcknetzes und zog mit großer Mühe auch den Koffer zu sich herauf. Unter ihm hatte eine dicke Frau gelegen. Er erinnerte sich, daß sie neben seiner Mutter gesessen hatte. Sie kroch jetzt auch auf das Gepäcknetz. Dabei tat sie Achim weh, der unter ihr war. Er stieß ein paar schrille Schmerzensschreie aus. Aber jetzt bekam er wenigstens Luft. Er richtete sich ganz benommen auf und heulte jämmerlich. Werner tastete nach ihm und fühlte seinen Schopf. Er faßte ihn am Arm, zog ihn zu sich herauf und drückte ihn fest an sich.
„Ach heul doch nicht so", sagte er zärtlich, aber dann mußte er selber schluchzen. Eng umschlungen kauerten sie beide auf dem Gepäcknetz und warteten und lauschten. Wo war nur die Mutti? Warum rief sie sie nicht?
Jetzt wurde die andere Tür von außen geöffnet. Ein starker Lichtschein fiel ins Abteil. Ein Mann beugte sich herein und rief: „Heraus, wer noch kann!"
Er streckte seine Hände aus und ergriff Achim, der von dem Licht geblendet war und vor Angst zu schreien anfing. Der Mann hob ihn mit einem Schwung heraus und stellte ihn draußen zwischen

den verbogenen Schienen auf die Füße. Dann winkte er Werner. Aber der hielt den Koffer umklammert. Denn seine Mutter hatte ihm vor der Reise eingeschärft: „Du mußt immer mit auf den Koffer aufpassen. Da sind unsere besten Sachen drin."
„Laß doch den verdammten Koffer los!" brüllte ihn der Mann an. „Sei froh, daß du noch lebst!"
Erschrocken ließ er den Koffer los und wurde neben Achim gehoben. Dem lief die Nase. Seine Mütze hatte er verloren, und auf der Stirn trug er eine gewaltige Beule. Der Feuerschein leuchtete herüber, er leuchtete jetzt heller als die große Lampe des fremden Mannes.
Werner schaute sich einen Augenblick hier draußen um. Es herrschte ein wildes Durcheinandner. Leute liefen hin und her und schrien Namen, andere zerrten ihr Gepäck aus den Abteilen, wieder andere kletterten aus den Fenstern. Neben dem letzten Waggon warf sich plötzlich ein Mann auf die regennasse Erde und brüllte: „Sie kommen zurück!"
Rings um ihn duckten sich bei seinem Ruf mehrere Frauen erschrocken nieder. Werner starrte entsetzt in den Himmel. Kamen sie wirklich wieder? Was dann, wo doch die Mutti nicht da war!
Aber der Mann hatte es wohl vor Angst in der Luft summen hören. Nach einer Weile erhob er sich wieder und putzte sich die Knie ab.
Weiter vorn, neben dem sechsten Waggon, schrie ununterbrochen ein Mann, der auf der Erde lag. Werner hatte noch nie einen Mann so schreien hören. Er hatte überhaupt noch nie einen Mann vor Schmerzen schreien hören. Es klang grauenhaft.

Es schien Werner, als benahmen sich die Erwachsenen in dieser Nacht gar nicht so, wie sich Erwachsene gewöhnlich benehmen. Sie schrien wie Kinder und hatten Angst wie Kinder. Dabei taten sie doch immer so sicher!

Der Mann, der Werner aus dem Abteil gehoben hatte, half jetzt der dicken Frau heraus.

„Lisbeth! Norbert!“ rief sie immerzu.

Er zog auch die alte Frau, die von der Weissagung gesprochen hatte, unter ein paar Gepäckstücken hervor.

„Jetzt wird die Mutti kommen“, sagte Werner und starrte gebannt auf die Abteiltür.

Aber es war das junge Mädchen, das mühsam herausgeklettert kam. Blut lief ihr übers Gesicht. Achim schrie enttäuscht auf.

„Sei nur still, sie wird gleich kommen“, tröstete ihn Werner. Die Angst schnürte ihm die Kehle zu, aber das sollte Achim nicht merken. Er nahm seine Mütze ab und setzte sie Achim auf, dem sie zu groß war. „Gleich ist sie da“, sagte er. „Sie liegt sicher unter dem Gepäck.“ Der Mann kletterte nun ganz in das Abteil hinein. Er trug eine weiße Binde mit einem roten Kreuz am Arm. Ein anderer Mann in Eisenbahneruniform kam dazu und half ihm. Sie warfen ein paar Koffer und Rucksäcke aus der offenen Tür. Darunter war auch Frau Adameks Rucksack. Dann trugen sie Erni heraus. Ihr Kopf hing schlaff herab und wippte bei jedem Schritt mit. Zwei große Jungen mit Armbinden trugen sie auf einer Bahre davon. Mit großen Augen sah Achim ihr nach.

Aus der kleinen Stadt, zu der der Bahnhof gehörte,

kamen Leute gelaufen, Neugierige und Helfer, auch ein Lastwagen mit einer Plane rumpelte heran. Der Mann, der so entsetzlich geschrieen hatte, wurde plötzlich still. Jemand breitete ein Tuch über ihn.
„Mutti!“ schrie Achim. „Komm doch raus – bitte!“
Die Männer holten noch drei Kinder aus dem Abteil. Zwei davon schienen unverletzt, aber sie sprachen nicht und weinten auch nicht, sie starrten nur mit weit aufgerissenen Augen um sich. Die dicke Frau warf sich auf sie und küßte sie abwechselnd ab.
Das dritte Kind aber, fast noch ein Baby, lag ganz schlapp in den Armen des Eisenbahners. Es war Ernis kleiner Bruder. Als sie Ernis Mutter aus dem Abteil zogen, sah Werner, daß ihr Gesicht blutig war. Sie stöhnte und wollte etwas sagen.
„Nur ruhig, ruhig“, sagte der Mann, der Werner so angeschnauzt hatte. „Es wird alles gut.“
„Und unsere Mutter?“ rief Werner voller Angst.
„Ja“, sagte der Mann, „eine ist noch drin.“
Zu zweit schleppten sie sie heraus. Sie rührte sich nicht. Ihr Kopf hing genau so herab wie der bei Erni. Sie sah so fremd aus, daß Werner sie fast nicht erkannte. Sie hatte die Spange verloren, mit der sie ihr Haar im Nacken zusammengehalten hatte. Auch das Kopftuch war verschwunden. Die Haare hingen ihr wirr ins Gesicht. Sie hatte ihre Augen geschlossen.
„Da habt ihr eure Mutter“, sagte der Mann. „Tot ist sie jedenfalls nicht. In ein paar Tagen steht sie vielleicht schon wieder auf den Beinen.”
Er schaute sich ärgerlich um und rief: „Kann denn niemand die Kinder hier wegholen? Man kann sie das doch nicht mit ansehen lassen!”

Aber niemand kümmerte sich um die Adamek-Jungen. Alle hatten ihre eigenen Sorgen.
„Mutti", jammerte Achim, „sag doch was!"
Er faßte ihre Hand und ließ sie nicht wieder los. Wenn sie auch so unheimlich und schlaff war, so war es doch ihre Hand, und an ihrer Hand konnte einem nichts passieren, nicht wahr? So war es doch immer gewesen, und es konnte nicht plötzlich ganz anders sein. Deshalb trottete er, als die Mutter davongetragen wurden, neben der Bahre her, immer an ihrer Hand, die doch so schlaff war und ihn gar nicht festhielt.
An Werner dachte Achim nicht mehr. Den hatte er ganz vergessen. Der aber zerrte inzwischen den schweren Koffer aus dem leeren Abteil und versuchte ihn mitzuschleppen, hinter Mutter und Bruder her, mit Muttis Rucksack auf dem Rücken. Denn jetzt mußte er sich ja um alles kümmern. Er geriet in Verzweiflung, weil die Bahrenträger so schnell gingen. Er verlor sie fast aus den Augen, denn überall auf dem Bahndamm und der Böschung standen und saßen die liefen Menschen herum. Er stolperte über fremdes Gepäck. Er keuchte unter seiner Last. Er schleifte den Koffer über den Schotter und durch Matsch. Er kam an einer Reihe von Toten vorüber, die zusammengetragen und nebeneinander auf die Erde gelegt wurden. Ein alter Mann breitete Zeitungen und leere Säcke über sie. Aber ihre Füße blieben unbedeckt, und Werner konnte sehen, daß auch Kinder da lagen. Er sah eine Frau, die neben einer Kinderleiche kauerte und dem toten Kleinen das Schuhband knüpfte, das sich gelöst hatte.

Aber das alles berührte ihn nicht. Er war mit seinen Gedanken nur bei seiner Mutter. Immer weiter entfernte sie sich von ihm, wie sollte er sie einholen? Ihm brach der Schweiß aus. Sollte er Mutti und Achim im Gewühl verlieren oder sollte er den Koffer fahren lassen?
Endlich sah er erleichtert, daß die Träger mit der Mutter hinter einem Lastauto stehenblieben, auf das schon andere Bahren geladen worden waren. Als sie Frau Adameks Bahre hinaufhoben, schrie Achim und wollte die Hand nicht loslassen. Eine Frau mit einer Rotkreuzbinde am Arm löste seine Hand von der seiner Mutter und sagte: „Du kannst jetzt nicht mit. Sie wird in ein Krankenhaus gebracht, bis sie wieder gesund ist. Bist du allein? Hast du keine Geschwister?"
Aber Achim gab keine Antwort. Er heulte nur laut zu seiner Mutter hinauf.
Werner hörte ihn durch all den Lärm: das Geprassel des Feuers, die Kommandos, das Klagegeschrei. Da ließ er den Koffer stehen, warf den Rucksack ab, lehnte ihn neben den Koffer und rannte zu Achim. Der umklammerte ihn mit beiden Armen und weinte ihm auf den Mantel. Da half alles nichts, so stark sich Werner auch machen wollte – er mußte mitweinen. Seine Tränen tropften auf seine Mütze, die Achim jetzt aufhatte. Als das Lastauto abfuhr, rief Werner hinter ihm her: „Wir besuchen dich morgen im Krankenhaus, Mutti! Ganz bestimmt!"
Dabei wußte er doch, daß sie es nicht hörte.

Wie die Adameks erfuhren, daß ihre Mutter noch am Leben war

Er zog Achim hinter sich her auf die Stelle zu, wo er Koffer und Rucksack stehengelassen hatte. Dort war noch immer ein wildes Gedränge. Die einen suchten nach ihren Angehörigen, die anderen nach ihrem Gepäck. Werner wußte ziemlich genau, wo er Koffer und Rucksack abgestellt hatte.

Aber da war nichts mehr. Koffer und Rucksack waren weg. Werner starrte wie betäubt auf den Fleck, wo sie gestanden hatten.

„Seid ihr nicht die Adameks?“ fragte eine alte bucklige Frau und hob Achims Kinn auf. Es war Fräulein Erna Rebsam mit ihrer Schwester Martha, die um einen Kopf größer war. Die Rebsams führten zusammen den Lebensmittelladen nicht weit von Adameks Wohnung. Frau Adamek hatte immer bei den Rebsams eingekauft. Noch am letzten Vormittag war Werner bei ihnen gewesen. Da hatten sie gerade den Laden geschlossen. Er war ihr letzter Kunde gewesen.

Als sie jetzt von ihm erfuhren, was geschehen war, sagte Fräulein Erna: „Ihr bleibt jetzt erst mal bei uns. Wir alle sollen heute nacht in einer Schule untergebracht werden. Morgen werden wir weitersehen.“ Fräulein Martha nickte dazu.

„Unser Koffer ist weg", schluchzte Werner, „und der Rucksack auch. Und wir hatten auch jeder einen Ranzen. Die müssen noch im Waggon sein!" Fräulein Erna blieb bei den Koffern der Rebsams stehen, Fräulein Martha begleitete Werner und Achim auf der Gepäcksuche. Werner wollte in den umgestürzten Waggon hineinklettern, aber Achim wollte ihn nicht loslassen. Als Fräulein Martha ihn wegziehen wollte, brüllte er und schlug um sich.

„Hör auf!" herrschte ihn Werner an. „Ich komm doch wieder zurück!"

Jetzt leuchtete niemand mit einer Taschenlampe. Werner tastete sich in das dunkle Loch hinein. Ihm graute, aber er erlaubte sich nicht, seine Angst zu zeigen. Er faßte in etwas Klebriges. Er stolperte über einen fremden Koffer, der unter dem Gepäcknetz hervorragte. Und da war auch Achims Ranzen. Er konnte ihn nicht sehen, aber er erkannte ihn an der samtigen Klappe. Unter dem Gepäcknetz, neben dem fremden Koffer, fand er auch seinen eigenen Ranzen.

Aber der Koffer war weg, in dem die Mutter das Beste hatte retten wollen!

„Was mag das bloß für ein Gesindel sein", seufzte Fräulein Erna, als sie wieder zu ihr zurückkehrten, „das in einer solchen Nacht solch armen Ludern, wie wir jetzt sind, ihr letztes Bißchen klaut!"

„Nun kommt", sagte das sanfte Fräulein Martha. „Dort vorn sammeln sie sich schon. Wir wollen auch noch einen guten Platz bekommen."

Sie mußten nahe an der brennenden Scheune vorüberwandern. Der Wind trieb Rauchschwaden herüber. Die Lastwagen hatten tiefe Spuren durch den weichen Wiesenboden gezogen. Die Adameks und die Rebsams stapften durch den Matsch und retteten sich schließlich auf den Bahndamm, auf dem sie aber nur mühsam weiterkamen.

„Faß mal ein bißchen mit an", sagte Fräulein Erna zu Werner, weil ihre Koffer viel zu schwer für sie waren.

Aber Werner konnte nicht. Er hatte seinen Ranzen auf dem Rücken und Achims Ranzen vor der Brust, denn Achim war jetzt so müde, daß er dauernd stolperte. Er ließ Werner nicht los. Er hing an ihm wie ein Koffer. Dabei war Werner doch auch sehr müde. Sie hatten ja in dieser Nacht kaum zwei Stunden geschlafen.

Die Leute aus dem Zug schliefen den Rest der Nacht in einer Schule. Es gab keine Matratzen. Sie schliefen auf dem bloßen Fußboden oder auf zusammengerückten Stühlen. Manche hatten Bettzeug von daheim mitgenommen. Die waren jetzt gut dran. Die anderen deckten sich mit ihren Mänteln zu. Aber es war wenigstens geheizt, und eine Frau teilte heiße Suppe aus. Alle lagen durcheinander: Männer, Frauen und Kinder, acht Schulklassen voll, und noch auf den Gängen.

Die beiden Rebsam-Fräulein teilten sich mit ein paar Pulten eine Ecke neben einer Wandtafel ab. Sie nahmen die beiden Jungen mit in ihre Ecke und besorgten ihnen auch einen Teller Suppe und einen Löffel. „Das sind wir eurer Mutter schuldig", sagte Fräulein Erna. „Sie war immer eine treue Kundin."

Achim aß die Suppe nicht mehr. Er legte, noch im

Mantel, seinen Kopf auf den Ranzen und schlief sofort ein. Mit der einen Hand hielt er Werners Mantel fest. Werner löffelte seine Suppe, aber er war mit den Gedanken bei seiner Mutter. Auch dann noch, als er sich unter der Wandtafel zusammenrollte, dicht neben Achim, mußte er an sie denken. Sie hatte sich nicht bewegt. Sie hatte kein Wort gesprochen. Plötzlich kam ihm der schreckliche Gedanke, daß sie vielleicht tot war. Er mußte schluchzen. Er schluchzte so leise wie möglich. Er preßte die Hand vor den Mund.
„Pst", flüsterte Fräulein Erna. „Jetzt wird geschlafen!"
Es roch nach eingeöltem Fußboden und Schweiß. Jemand kletterte auf einen Tisch und band einen Lappen um die Lampe. Durch den Lappen schimmerte nur noch ein schwaches Dämmerlicht. Die vielen Leute im Klassenzimmer begannen zu flüstern, und einer nach dem anderen schlief ein. Werner hörte, daß auch andere schluchzten. Da wurde ihm noch elender zumute. Er weinte still vor sich hin, aber man hörte es doch.
„Jetzt hör doch schon auf!" flüsterte Fräulein Erna ärgerlich. „Du weckst ja die Leute!"
Werner mochte die Rebsams nicht.

Am nächsten Morgen stellte sich heraus, daß die Verletzten in eine andere Stadt gebracht worden waren, wo es ein großes Krankenhaus gab. Die Stadt war etwa zwanzig Kilometer entfernt. Das war damals eine weite Strecke. Die Angehörigen der Verletzten kundschafteten einen Zug aus, der noch am selben Morgen in diese andere Stadt fuhr. Dorthin

war die Bahnstrecke unbeschädigt geblieben. Am Abend wollten die Leute zurückkommen.
„Wir fahren auch mit", sagte Werner hastig zu Fräulein Erna. „Aber wir haben kein Geld. Können Sie uns etwas borgen für die Fahrkarten?"
„Ihr könnt doch nicht allein dort hinfahren!" rief Fräulein Martha. „Ihr könntet verlorengehen. Ich werde Herrn Wessel bitten, sich nach eurer Mutter umzusehen. Er war doch euer Nachbar. Wenn sich alles etwas beruhigt hat, in drei oder vier Tagen, fahren wir mit euch mal hin. Aber jetzt – nein."
Sie sprach mit Herrn Wessel. Er versprach, nach Frau Adamek zu sehen.
„Sagen Sie ihr, daß wir uns um ihre Kinder kümmern", sagte Fräulein Martha. „Sie braucht sich keine Sorgen zu machen."
Werner lief ihm ein Stück nach.
„Erzählen Sie ihr bitte nicht, daß der Koffer und der Rucksack weg sind", bat er. „Sonst regt sie sich so auf."
„Natürlich", sagte Herr Wessel und fuhr ihm mit der Hand über den Kopf. „Ich verstehe."

Werner und Achim warteten sehnsüchtig auf Herrn Wessels Rückkehr. Alle Augenblicke erkundigten sie sich bei den Rebsams nach der Uhrzeit, bis Fräulein Erna sagte: „Das macht einen ja nervös. Ich hab den Kopf voll mit anderen Sorgen. Schaut euch um und spielt mit den anderen Kindern. Vor dem Abend kommt Herr Wessel nicht wieder."
Zwei Frauen mit weißen Schürzen kamen am Vormittag in die Schule. Sie schritten mit wichtigen

Mienen von Klasse zu Klasse, notierten die Namen aller Flüchtlinge, verglichen sie mit Listen und versuchten herauszufinden, wer im Krankenhaus und wer umgekommen war. Acht Kinder hatten ihre Mütter verloren, von siebzehn Kindern lagen die Mütter im Krankenhaus. Die beiden Frauen suchten nun diese Kinder zusammen, die keine Mutter mehr bei sich hatten. Sie sollten in ein Kinderheim gebracht werden.
„Die beiden Adameks bleiben bei uns", sagten die Rebsams zu den Frauen. „Wir werden uns um sie kümmern. Wir haben es ihrer Mutter versprochen."
Werner war sehr erleichtert, als er hörte, daß die beiden Frauen nicht darauf bestanden, ihn und Achim in ein Kinderheim zu bringen. Er wollte in der Nähe der Mutter bleiben. Wer weiß, wo das Kinderheim lag!
Er und Achim sahen zu, wie acht Kinder aus der Schule geführt wurden. Sie hatten verheulte Gesichter. Ein kleines Mädchen lief wieder in die Schule zurück. Es wollte bei den Leuten bleiben, die es kannte. Aber niemand wollte es zu sich nehmen und für es sorgen, und so mußte es doch fort. Die eine Frau zerrte es hinter den anderen Kindern her. Werner und Achim gehörten zu denen, die in der Schule bei Verwandten oder Bekannten bleiben durften. Drei Kinder, deren Mutter umgekommen war, lagen schwerverletzt im Krankenhaus. Eins davon war mit Werner in dieselbe Klasse gegangen.
Draußen regnete es. Grau hingen die Wolken herab. An der großen Eingangstür der Schule drängten sich die Flüchtlinge und überfielen jeden, der von drau-

ßen hereinkam, mit Fragen: „Haben Sie die letzten Nachrichten gehört? Wo ist jetzt die Front? Haben die Russen unsere Stadt schon erreicht?"
„Es sieht schlecht aus", sagte eine der Frauen, die zu Mittag die Suppe austeilte. „Die Russen brechen überall durch. Wenn unsere Leute sie dort nicht aufhalten können, dann sind sie in ein paar Tagen auch hier."
Die Zeit bis zur Rückkehr von Herr Wessel dehnte sich unerträglich. Am Nachmittag wanderte Werner mit Achim durch die Flure und Säle. Da kauerten weinende Frauen und verstörte Kinder, da hockten mißtrauische alte Leute auf ihren Koffern. Windeln wurden gewaschen, Verbände gewechselt, Schuhe getrocknet. Die Luft war stickig. Es roch jetzt auch noch nach Kohlsuppe. In einem Saal im ersten Stock entdeckte Werner plötzlich Mutters Rucksack. Er kannte ihn ganz ganau. Er war neben der Lasche mit einem dunkelgrünen Flicken geflickt. Er lag mitten in einem Stapel von Koffern und Rucksäcken, und eine große Familie saß darum herum. Werner lief auf den Rucksack zu und zog ihn heraus. Er war halb leer.
„Das ist Muttis Rucksack!" rief er glücklich.
„Sei nicht albern", sagte eine Frau und riß ihm den Rucksack aus der Hand. „Diesen Rucksack hab ich gekauft, als du noch gar nicht auf der Welt warst. Sowas zu behaupten! Mach bloß, daß du fortkommst!"
Erschrocken ließ Werner den Rucksack los.
„Aber da ist doch der grüne Flicken", stotterte er.
„Als ob's nur einen grünen Flicken auf der Welt

gäbe!“ rief ein Junge, der ein paar Jahre älter als Werner war. „Hau bloß ab, sonst setzt es was!“
Werner ging hinunter zu den Rebsams und erzählte ihnen die ganze Sache, in der Hoffnung, sie würden ihm beistehen. Aber sie zeigten keine Lust.
„Wir müßten Zeugen haben“, sagten sie. „Wir beide wissen nicht, wie dieser Rucksack ausgesehen hat. Und ihr seid Kinder, eure Aussagen gelten nicht. Es könnte eine große Aufregung geben, und wir haben doch, weiß Gott, schon genug Aufregung!“
Werner strich mit Achim an der Hand vor dem oberen Saal, in dem der Rucksack war, hin und her und weinte vor Wut.
„Wenn sie den Rucksack haben“, sagte er zu Achim, „dann haben sie auch den Koffer.“
„Geh doch auf sie los!“ sagte Achim. „Nimm ihnen die Sachen mit Gewalt ab! Ich helf dir.“
Aber Werner wußte, daß das sinnlos gewesen wäre. Langsam beruhigte er sich und kehrte in den unteren Flur zurück, um auf Herrn Wessel zu warten. Hier unten herrschte inzwischen helle Aufregung, denn es war eben bekannt geworden, daß alle, die in der Schule kampierten, am nächsten Tag mit einem Zug weiter in den Westen gebracht werden sollten. Der Zug sollte schon in der Nacht auf dem Bahnhof ankommen.
Die Leute stürzten in ihre Säle und begannen ein- und umzupacken. Einige weinten, denn sie hatten Verwandte im Krankenhaus. Die beiden Rebsams knieten vor ihren Koffern und kramten nervös darin herum.
„Ich wette, es gibt heute nacht wieder Fliegeralarm“,

jammerte Fräulein Martha. „Ich hab's im Gefühl. Wer weiß, ob dies nicht unser letzter Tag ist!"
„Ihr habt Glück", sagte die Frau, die Kaffee und ein Stück Brot austeilte. „Ihr könnt weg, und wir müssen hierbleiben. Wer weiß, ob es dann noch Züge gibt, wenn die Front erst einmal hier ist. Und zu Fuß? Da kommt man nicht weit."
Draußen wurde es langsam dunkel. Jetzt wich Werner nicht mehr von der Eingangstür. Er schwitzte vor Spannung. Bald würde er wissen, was mit der Mutter geschehen war. Er konnte nicht verstehen, daß Achim mit hochgezogenen Knien an der Wand lehnen und schlafen konnte.
Endlich kam Herr Wessel aus dem Regen hereingestampft und schüttelte sich. Werner schoß auf ihn zu.
„Sei froh, mein Junge", sagte er und drückte Werners Kopf an seinen nassen Lodenmantel. „Sie lebt, und sie wird's überleben. Sie hat eine schwere Gehirnerschütterung und ein paar Rippen gebrochen. Im Ellbogengelenk ist auch was kaputt. Sie ist glücklich, daß euch nichts passiert ist. Sie läßt dir sagen, du sollst auf Achim aufpassen und dich nie von ihm trennen, was auch passieren möge. Und noch was: Ihr sollt Tante Leni, wenn ihr in Hessen angekommen seid, eure Adresse schreiben. Hier hab ich mir Tante Lenis Adresse aufnotieren müssen."
Er zog einen zerknitterten Zettel aus der Manteltasche und hielt ihn sich dicht vor die Augen.
„Leni Menk, Glauchau, Kantstraße 3", las er vor. „Heb dir den Zettel gut auf oder lern die Adresse auswendig. Die Tante Leni ist also euer Treffpunkt,

falls ihr euch aus den Augen verliert. Ja, das wär's. Sie läßt euch herzlich grüßen, und ihr sollt tapfer sein. Sie will immer an euch denken."
Jetzt drängten sich andere Neugierige um Herrn Wessel, Werner wurde beiseite geschoben. Er merkte plötzlich, daß er weiche Knie hatte. Er rüttelte Achim wach und schrie ihm in sein schlaftrunkenes Gesicht: „Mensch, die Mutti lebt!"
Achim starrte ihn verständnislos an und sagte: „Schrei doch nicht so. Warum sollte sie denn nicht leben?"
„Sie wird wieder gesund werden", flüsterte Werner. „Sie läßt uns grüßen." Die Stimme brach ihm. Er setzte sich neben Achim auf die Erde und senkte das Gesicht auf die angezogenen Knie, damit niemand sah, wie er weinte.
„Na also", sagte Fräulein Martha, als sie später die Abendsuppe aßen, „eure Mutter wird bald wieder bei euch sein. Herr Wessel hat uns ihre Grüße und ihren Dank ausgerichtet."
„Zum Dank hat sie allen Grund", seufzte Fräulein Erna. „Es ist schon eine Last und Verantwortung, die man auf sich nimmt. Wer weiß, wo sie uns dort im Westen zusammenpferchen werden, vielleicht sogar in einem einzigen Zimmer. Benehmt euch bloß ordentlich, sonst übergeben wir euch einem Kinderheim."
„Erna!" sagte Fräulein Martha.

Wie die Adameks ihre Mutter suchten

Es gab keinen Fliegeralarm in der Nacht. Erst am nächsten Vormittag wurden die Flüchtlinge auf den Bahnhof geführt. Der schmutzige Zug, der da auf sie wartete, hatte noch weniger Wagen als jener, in dem sie ihre Heimatstadt vetlassen hatten. Nicht einmal den Rebsams gelang es, sich Sitzplätze zu ergattern. Aneinandergedrängt saßen sie im Gang eines alten D-Zug-Waggons auf ihren Koffern. Achim und Werner hockten auf ihren Ranzen. Jedesmal, wenn sich jemand durch den überfüllten Gang zwängte, um die Toilette zu erreichen, mußten sie aufstehen und ihn vorbeilassen. Vor der Toilette drängten sich Wartende.

Es dauerte noch eine Stunde, bis der Zug endlich abfuhr, und nach drei Stationen blieb er aus irgendwelchen Gründen wieder über zwei Stunden stehen. Den beiden Adamek-Jungen wurde es entsetzlich langweilig. Vor allem Achim hielt es kaum aus, so lange an einem Fleck stillzusitzen. Er blies die Bakken auf und ließ die Luft mit einem lauten Knall entweichen: zehnmal, zwanzigmal. Als ihm Fräulein Erna das verbot, stand er auf und setzte sich wieder, immerzu, wie ein Steh-auf-Männchen. Als er auch das verboten bekam, schaukelte er auf dem Ranzen hin und her. Aber sogar davon wurden die Rebsams nervös, und Fräulein Martha hielt ihn seufzend am

Ärmel fest. Da blieb ihm nichts anderes übrig, als sich gegen Werner zu lehnen und einzuschlafen. Werner betrachtete bekümmert Achims Beule, die jetzt bläulich schimmerte. Ja, und Achims Gesicht war auch nicht ganz sauber, besonders um den Mund herum. Sie hatten sich in der Schule kaum waschen können, die wenigen Waschbecken waren immer besetzt gewesen. Aber weiter im Westen, wo die Front nicht so nah war, würde es wohl sicher genug Wasserhähne für alle geben. Glauchau, Kantstraße 3, nicht vergessen. Glauchau, Kantstraße 3...
Draußen regnete es wieder. Es war richtiges Matschwetter. Im Zug war es kühl, aber es ließ sich aushalten. Erst als sie am Nachmittag in eine etwas größere Stadt einfuhren, reichten Frauen Suppenschüsseln herein. Die Leute drängten sich zu den Fenstern. Achim und Werner wurden fast zerdrückt. Fräulein Erna kreischte vor Empörung.
Herr Wessel, der einen Platz in einem der Abteile erobert hatte, zwängte sich durch den Gang. Er beugte sich zu Werner und Achim herab und sagte: „In dieser Stadt liegen unsere Verletzten. Ich will mich erkundigen, ob wir hier längeren Aufenthalt haben. Wenn ja, dann könnten wir doch unsere Leute besuchen – ich meinen Nachbarn und ihr eure Mutter – bevor wir weiterfahren. Nicht wahr?"
Werner fuhr hoch und wollte gleich hinter Herrn Wessel her. Aber als die beiden Rebsams erfuhren, was er vorhatte, erlaubten sie nicht, daß er den Zug verließ. So konnte er Herrn Wessel nur durch das Fenster beobachten, nachdem alle ihre leeren Suppenschüsseln wieder hinausgereicht hatten. Herr

Wessel hatte sich bis auf den Bahnsteig hinausgekämpft und sprach dort mit einem Eisenbahner. Achim war es inzwischen auch aufgegangen, daß sie sehr nahe bei ihrer Mutter waren, vielleicht nur zwei oder drei Straßenblöcke von ihr entfernt. Er zappelte vor Aufregung. Er hüpfte am Fenster hoch, klopfte an die Scheibe und winkte Herrn Wessel zu. Dabei trat er Fräulein Martha aus Versehen auf den Fuß.
„So hör doch auf mit dieser Zappelei!" rief sie ärgerlich. „Das hält man ja kaum aus!"
Jetzt winkte Herr Wessel und hielt zwei Finger hoch. Zwei Stunden also hatten sie Zeit, die Mutter zu besuchen!
„Bitte", sagte Werner zu den beiden Rebsams, „bitte, lassen Sie uns gehen –"
„Man kann sich doch nicht auf die Aussagen irgendeines Eisenbahners verlassen!" rief Fräulein Erna erregt. „Wer weiß, was hier inzwischen passiert. Wir können verfrüht abfahren. Es kann einen Fliegeralarm geben. Wo sollen wir euch dann suchen? Eure Mutter hat doch Nachricht von euch, und ihr wißt, wie es ihr geht. Das genügt für's erste!"
„Aber wenn wir doch so nahe sind –" stammelte Werner.
„Wir haben nun mal die Verantwortung für euch übernommen", sagte Fräulein Martha, „und die nehmen wir ernst. Es ist einfach zu riskant."
Achim fing an zu heulen und ließ sich auf seinen Ranzen plumpsen. Werner starrte aus dem Fenster und schüttelte traurig den Kopf, als ihm Herrn Wessel erwartungsvolle Zeichen machte. Da ging Herr Wessel allein davon.

Achim zog die Nase hoch und schnaufte, und plötzlich sagte er: „Ich muß mal."
„Dann stell dich dort in die Schlange", sagte Fräulein Martha.
„Aber es ist dringend", jammerte Achim. „Ich geh schnell mal raus und mach auf die Schienen."
„Geh du mit ihm", sagte Fräulein Erna zu Werner. „Schaut euch unseren Waggon gut an, damit ihr ihn wiederfindet. Und kommt so schnell ihr könnt zurück."
Sie kämpften sich beide bis zur Tür durch und kletterten über das Trittbrett hinunter. Achim lief voran. Er lief so schnell auf das Bahngebäude zu, daß Werner ihm kaum folgen konnte. Hinter einem Mauervorsprung, wo sie vom Zug aus nicht gesehen wurden, blieb Achim stehen und grinste Werner an.
„Das hab ich schlau gemacht, was?" sagte er.
„Mach schon", antwortete Werner mürrisch.
„Aber ich muß doch gar nicht!" rief Achim. „Komm, jetzt rennen wir los, hinter Herrn Wessel her!"
„Wir dürfen doch nicht", sagte Werner mutlos.
„Herr Wessel wird uns schon in Schutz nehmen, wenn wir mit ihm zurückkommen", sagte Achim.
„Sie werden trotzdem fürchterlich schimpfen", sagte Werner trübe.
„Na, und wenn schon. Dafür sehen wir aber die Mutti!"
„Und wie kommen wir durch die Sperre?" fragte Werner und kaute an der Unterlippe.
„Wir müssen warten, bis eine Frau durchgehen will", sagte Achim. „Da gehen wir schnell vor ihr

durch und zeigen auf sie und sagen: Die Mutti hat die Karten. Der Alfred von Petzolds hat's auch schon mal so gemacht, das hat er mir erzählt. Bis die Frau erklärt hat, daß wir nicht ihre Kinder sind, sind wir längst weg."

Es klappte. Sie rannten auf den Bahnhofsvorplatz. Hier liefen drei Straßen auseinander. Sie spähten in alle drei Straßen. Es nieselte. Sie hatten beide keine Mützen auf. Werners Mütze lag im Waggon auf Achims Ranzen. Es dämmerte schon ein wenig. Sie konnten nirgends Herrn Wessel entdecken.

„Er wird sich beeilt haben", sagte Werner. „Wir müssen uns eben allein hinfragen. Wir werden ihn dort schon treffen."

Er hielt eine Frau an, die in Gummistiefeln vorüberstampfte.

„Das Krankenhaus?" fragte sie. „Welches denn? Hier gibt es zwei."

„Das nächste", sagte Werner.

„Dann geht hier lang", sagte sie. „Bis zur dritten Kreuzung, dann links bis hinter die Kurve. Es liegt in einem Park. Ihr müßt durch das große Tor gehen."

Die Adameks vergaßen vor Aufregung zu danken und rannten los. Sie fanden die Kreuzung, die Kurve, das Tor. Sie blieben am Fuß einer breiten Freitreppe stehen und schauten zum Eingang hinauf. Das Krankenhaus sah wie ein Schloß aus. Man brauchte schon allerhand Mut, um da hineinzugehen. Nirgends waren Kinder zu sehen. Eine Rot-Kreuz-Schwester kam die Treppe herunter, zwei uniformierte Männer schritten zum Portal hinauf.

„Heil Hitler", grüßten die Männer.

„Heil Hitler“, grüßte die Schwester zurück.
Niemand kümmerte sich um die Jungen.
„Komm“, sagte Werner und nahm Achim an der Hand, „wir müssen rauf.“ Sie brachten die schwere Tür kaum auf. Gemeinsam stemmten sie sich dagegen. Ein Schwall warmer Luft empfing sie. Es roch nach Desinfektionsmitteln. Sie blieben stehen und schauten sich um. In einem Säulensaal standen dicht an dicht eiserne Bettgestelle mit Kranken darauf. Werner blieb stehen, aber Achim rannte auf die Betten zu und schaute den Kranken in die Gesichter. Enttäuscht drehte er sich zu Werner um und sagte: „Hier sind ja nur Männer!“
Einige der Kranken wurden auf die Kinder aufmerksam. Sie hoben die Köpfe und starrten sie an. Jemand lachte und sagte: „Guckt man die Knirpse!“
Da kam auch schon eine Schwester auf die Adameks zu und sagte: „Was habt ihr denn vor?“
„Wir wollen zu unserer Mutter“, antwortete Achim.
Ein Witzbold setzte sich im Bett auf und rief den Kranken zu: „Wer von euch ist die Mutter dieser Knaben?“
Ein paar Männer lachten. Jemand sagte: „Laßt sie doch.“
„Hier ist sie jedenfalls nicht“, sagte die Schwester. „Hier ist ein Lazarett für verwundete Soldaten. Ist eure Mutter denn krank?“
„Nicht krank, sondern verletzt, von den Bomben“, sagte Werner.
„Wenn sie hier nicht ist“, sagte Achim, „dann muß sie im anderen Krankenhaus sein. Komm, Werner.“
„Moment mal“, sagte der Witzbold, der einen dik-

ken Verband um den Kopf trug. „Habt ihr Hunger?"
Achim nickte heftig. Achim hatte immer Hunger.
„Komm mal her", sagte der Witzbold und winkte ihm. „Ich hab da noch was aus einem Päckchen von daheim: Gebäck, von meiner Mutter gebacken. Teil es mit deinem Bruder. Morgen werden wir von hier weggeschafft, wer weiß, was dann mit unserem Gepäck passiert. Und hier ein Paar Wollsocken, ganz neu, auch von daheim. Ich brauch sie nicht, ich hab nämlich keine Füße mehr. Ihr könnt sie ja vielleicht gegen irgendwas eintauschen."
Achim steckte die Tüte mit dem Gebäck ein und reichte Werner die Socken. Der dankte verwirrt, und dann trotteten sie die Freitreppe wieder hinunter.
„Das hätte uns die Frau am Bahnhof doch sagen können, daß hier nur Männer liegen!" rief Achim.
„Wir haben ihr ja nicht gesagt, daß wir unsere Mutter besuchen wollen", sagte Werner, und nach einer nachdenklichen Pause fügte er hinzu: „Weißt du, die Socken schenken wir der Mutti."
„Und die Plätzchen essen wir", antworte Achim und zog die Tüte aus der Manteltasche.
„Aber doch nicht jetzt!" rief Werner. „Wir müssen uns beeilen!"
Sie liefen zurück auf die Straße und fragten sich durch bis zum anderen Krankenhaus. Als sie vor dem mächtigen Gebäude standen, war es fast dunkel geworden. Vor einem Nebeneingang parkten zwei Lastwagen mit Planen. Bahren wurden aus dem Haus getragen und auf die Lastwagen gehoben. Weißgekleidete Leute liefen geschäftig hin und her.

Werner und Achim kümmerten sich nicht um die Bahren und die Lastwagen, sie waren viel zu aufgeregt: Gleich, in fünf Minuten, würden sie ihre Mutter sehen!
„Dir läuft die Nase", sagte Werner. „So kannst du nicht hineingehen." Achim kramte sein Taschentuch heraus und schneuzte sich. Es war schon ganz naß.
„Mach schnell", drängte Werner. „Wir haben nur zwei Stunden Zeit! Vielleicht sind sie schon bald rum."
„Unmöglich", meinte Achim. „Wir waren ja noch gar nicht bei Mutti."
Die Eingangstür klappte auf und zu, Leute kamen und gingen, die Kinder wurden hin- und hergeschoben. Viele von denen, die das Krankenhaus verließen, waren merkwürdig aufgeregt.
„Los", sagte Achim, holte tief Luft und ging auf die Eingangstür zu. „Wie die sich freuen wird über die Socken!"
Im Vorraum saß eine Frau mit einem weißen Häubchen hinter einem Schalterfenster. Über dem Schalter stand: ANMELDUNG UND AUSKUNFT. Vor dem Schalter drängten sich Leute. Eine junge Frau rief gerade: „Aber das ist doch nicht möglich!" Und eine ältere Frau fragte: „Und meine Tochter, Hanna Felber?"
„Ich sagte doch eben schon", rief die Frau hinter dem Schalter, „daß heute nachmittag alle Zivilpatienten fortgeschafft worden sind, weiter in den Westen. Hier wird jeder Platz gebraucht für die Verwundeten von der Front. Ab morgen dient dieses Krankenhaus als Lazarett."

„Und wo sind sie hingebracht worden?“ fragte ein Mann.
„Das ist mir nicht bekannt“, sagte die Frau hinter dem Schalter. „Die nächsten Angehörigen werden benachrichtigt werden.”
„Was sind Zivilpatienten?“ fragte Achim leise seinen Bruder.
„Ich glaube“, flüsterte Werner, „das sind solche Kranken, die keine Soldaten sind.“
„Die Mutti ist doch auch kein Soldat“, sagte Achim.
„Nein“, antwortete Werner, und seine Augen schwammen in Tränen. Jetzt waren sie zu spät gekommen!
„Und unsere Mutti?“ fragte Achim und reckte den Kopf, um durch das Schalterfenster schauen zu können.
„Kommt ihr etwa allein?“ fragte die Frau erstaunt. „Dann könnt ihr sowieso nicht rein. Kinder nur in Begleitung Erwachsener. Seid ihr von denen aus dem Zug? Dann macht nur schnell, daß ihr wieder in euren Zug kommt. Vorhin waren auch schon ein paar von euch hier, die haben sich fürchterlich aufgeregt. Nein, nein, eure Mutter ist nicht mehr hier, aber ihr könnt ganz beruhigt sein, sie wird gut versorgt. Fahrt nur weiter.“
Die beiden Adameks starrten die Frau entsetzt an, dann traten sie vom Schalter zurück. Tief enttäuscht trotteten sie zurück auf die Straße. Vor dem Nebeneingang stand kein Lastwagen mehr, und keine Bahre war mehr zu sehen.
„Jetzt haben wir nicht einmal den Herrn Wessel getroffen“, seufzte Achim. „Jetzt müssen wir die ganze

Wut von den Rebsams aushalten. Glaubst du, sie wollen uns jetzt nicht mehr haben? Ich meine, daß sie uns in ein Kinderheim geben?"

Werner antwortete nicht, er kämpfte mit den Tränen. Er fragte ein junges Mädchen, das vorüberkam, nach dem Bahnhof. Sie deutete die Straße entlang. Sie wollte noch etwas sagen, aber Werner konnte sie nicht verstehen, denn die Sirene begann in diesem Augenblick zu heulen: Fliegeralarm!

„Kommt mit!" brüllte das Mädchen Werner in die Ohren. „Hier gleich um die Ecke ist ein Luftschutzkeller!"

„Wir haben keine Zeit!" brüllte Werner zurück, „wir müssen zu unserem Zug!"

„Seid ihr verrückt?" schrie das Mädchen. „Die Flugzeuge können jeden Augenblick da sein! Außerdem darf bei Fliegeralarm niemand auf der Straße sein!" Sie faßte Werner und Achim an den Händen und rannte mit ihnen zum Luftschutzkeller, auf den von allen Seiten Leute zueilten. In den halbdunklen Gewölben roch es muffig. Sie fanden noch Platz auf einer Bank, die sich an einer kalten Betonwand entlangzog. Das Mädchen nahm Achim auf den Schoß, und es dauerte noch keine fünf Minuten, da war er eingeschlafen. Werner saß neben dem Mädchen. Er war von all der Hoffnung und Enttäuschung auch totmüde, und so ließ er sich gegen das Mädchen sinken und schlief auch ein. Das Mädchen saß ganz still, um die beiden nicht zu wecken. Ein Bein schlief ihr ein, aber sie rührte sich nicht.

Die feindlichen Flugzeuge überflogen die Stadt, ohne ihre Bomben über ihr abzuwerfen. In dieser Nacht

waren die Bomben für eine andere Stadt bestimmt.
Die Adameks wachten erst wieder vom Geheul der Sirene auf. Diesmal war es ein langer gleichmäßiger Ton: Die Gefahr war vorüber. Die Leute drängten zum Ausgang. Von draußen wehte kalte, wunderbar frische Luft in den Kellermief herein.
„So", sagte das Mädchen, „nun lauft zum Bahnhof. Hoffentlich hat sich eure Mutter nicht zu sehr geängstigt."
Sie schob Achim auf die Straße, gab Werner einen freundschaftlichen Klaps auf die Schulter und verschwand.
Als die Adameks atemlos auf dem Bahnhof ankamen, war der Zug weg.

Was die Adameks taten, als der Zug fortgefahren war

Der ganze Bahnhof war wie ausgestorben. Nach einer Weile fuhr ein Güterzug durch, nach Osten, auf die Front zu. Aus ein paar Waggonluken schauten Soldaten.

Werner war wie vor den Kopf geschlagen.

„Macht nichts", sagte Achim. „Jetzt brauchen wir uns wenigstens mit den Rebsams nicht mehr herumzuärgern."

„Aber unsere Ranzen!" rief Werner. „Jetzt sind die Ranzen auch noch weg. Und ich hatte doch meine Sparbüchse drin, die war halbvoll!"

„Man kann ja auch in eine alte Tasse oder in eine Schachtel sparen", sagte Achim. „In Hessen fängst du eben wieder von neuem an zu sparen."

„Aber nach Hessen kommen wir ja jetzt gar nicht!" rief Werner. „Wir sitzen ja nicht im Zug!"

„Ja, aber wohin kommen wir denn dann?" fragte Achim. „Irgendwohin müssen wir doch kommen!"

„Ich weiß es nicht", antwortete Werner matt.

„Weißt du was?" rief Achim. „Wir gehen einfach zur Tante Leni."

Werner durchfuhr es heiß: Auch der Zettel mit der Adresse war in seinem Ranzen! Er überlegte fieberhaft.

„Glauchau, Kantstraße drei“, murmelte er.
„Was sagst du?“ fragte Achim.
„Als ob das so einfach wäre, zur Tante Leni zu gehen“, sagte Werner.
Achim zog die Tüte aus seiner Manteltasche. Er hatte mächtigen Hunger.
„Wehe, du ißt davon!“ rief Werner. „Das muß eingeteilt werden!“
Er riß Achim die Tüte aus der Hand uns steckte sie selber ein. Achim fing an zu plärren.
Vielleicht ist der Zug nicht weit von hier stehen geblieben, dachte Werner. Er entdeckte einen alten Eisenbahner in einer Ecke der Bahnhofshalle und fragte ihn.
„Der ist schon eine gute Weile weg“, sagte der Alte. „Als es Alarm gab. Auf freier Strecke ist es nicht so gefährlich.“
„Aber vielleicht steht er nur ein Stück vor der Stadt?“ fragte Werner hoffnungsvoll weiter. „Wenn wir an den Gleisen entlanglaufen, können wir ihn vielleicht noch kriegen –“
„Nee“, sagte der Alte. „Der ist inzwischen längst weitergefahren. Das weiß ich genau. Gehört ihr etwa zu diesem Zug?“
Werner nickte schuldbewußt.
„Jesus, Jesus“, seufzte der Alte, „was es für ein Elend auf der Welt gibt. Wie alt seid ihr denn?“
„Achim ist erst sechs“, sagte Werner, „aber ich bin schon vor Weihnachten zehn geworden.“
„Es geht zwar alles drunter und drüber, weil die Front doch schon so nahe ist“, sagte der Alte. „Aber irgendwo müßt ihr heute nacht ja unterkommen.

Die Frauen vom Roten Kreuz sind vor einer Weile weggegangen. Die machen jetzt Pause. Der nächste Flüchtlingstransport kommt nicht vor neun. Ich will sehen, ob ich jemand von denen erreiche. Die sind für sowas zuständig."
Er führte die Adameks in den Wartesaal. Es war ein großer, kahler, schmutziger Raum, nur fahl beleuchtet von einer abgedunkelten Glühbirne. Ringsherum auf den Bänken saßen ein paar Soldaten mit Krücken oder Verbänden.
„Wartet hier", sagte der Alte zu den Adameks. „Ich schau schon ab und zu nach euch. Sobald ich was weiß, geb ich euch Bescheid."
Da saßen sie nun, die beiden Adameks, und warteten. Achims Beine reichten noch nicht auf den Boden, und Werner war in seiner Klasse auch unter den Kleinsten gewesen. Sie waren mutlos und müde und hungrig und wußten nicht, was jetzt mit ihnen geschehen würde. Aber sie brauchten nicht lange zu warten, bis sie es erfuhren: Schon nach einer Weile kam der Alte wieder herein, beugte sich zu ihnen herunter und sagte: „Gleich kommt eine Frau und holt euch ab. Dann bekommt ihr erstmal was zu essen. Ihr seid doch sicher hungrig, was? Und danach werdet ihr in Kinderheime gebracht."
„Warum in Kinderheime?" fragte Werner hastig. „Kommen wir nicht beide in dasselbe Heim?"
„Soviel ich gehört habe", sagte der Alte, „werden die Kinder unter zehn in einem anderen Heim zusammengefaßt als die Kinder über zehn."
„Wir bleiben zusammen", sagte Werner entschlossen.

„Nun reg dich mal nicht auf", sagte der Alte. „Es ist ja alles nur für ein paar Tage. Ordnung muß sein. Sobald wie möglich werdet ihr zu euren Angehörigen gebracht. Also Kopf hoch. In spätestens einer Viertelstunde wird die Frau da sein. Ich komme dann mit ihr rüber."

Kaum war der Alte fort, schaute sich Werner um. Niemand kümmerte sich um die Kinder. Die meisten Soldaten schliefen.

„Achim", flüsterte er, „wir müssen hier weg."

„Warum?" flüsterte Achim erschrocken zurück, der das mit den Kinderheimen nicht ganz verstanden hatte. „Jetzt, wo wir doch gleich zu essen bekommen sollen –!"

„Wir sollen auseinander, hast du das nicht gehört?" sagte Werner. „Willst du das?"

Nein, das wollte Achim nicht, er rückte näher an Werner heran.

„Die Frau wird gleich da sein", wisperte Werner. „Wir müssen weg, bevor sie uns sieht!"

Er faßte Achim an der Hand und schlich sich mit ihm zur Tür hinaus in die Halle. Verstohlen schaute er sich um. Niemand sah ihnen nach, niemand verfolgte sie. Hastig durchquerten sie die zugige Halle, liefen hinaus auf den Vorplatz und von dort in die Straße hinein, die zu dem Lazarett führte.

Es war eine stockdunkle Nacht. Die Straßenlaternen waren abgedunkelt wegen der Flieger. Aus den Häusern fiel kein Licht. Nur noch wenige Leute waren auf der Straße. Durch dichten Nebel liefen die Adameks immer geradeaus.

„Sie werden es der Polizei melden", keuchte Werner

atemlos. „Wir müssen weg von der Straße. Hier werden sie zuerst suchen.“
Sie bogen in die nächste Querstraße ein. Achim jaulte, er kam nicht nach. Werner nahm ihn an der Hand. In der Ferne hörten sie Kanonendonner. Der klang so vertraut. Er erinnerte an daheim.
Sie durchwanderten einen kleinen Park und stießen an einen Fluß. Auf dem Uferweg trotteten sie entlang bis zu einer Brücke, die sie überquerten. Auf der anderen Flußseite gab es keine hohen Gebäude mehr, sondern nur noch kleine Spitzgiebelhäuser in Gärten. Schließlich gerieten sie vor ein Friedhofstor. Sie vermuteten einen Park und huschten hinein. Dann entdeckten sie die Grabsteine.
„Das ist gut“, sagte Werner. „Hier werden sie uns nicht suchen.“
Sie kauerten sich eng nebeneinander auf die steinerne Einfassung eines Grabes.
„Jetzt essen wir die Plätzchen“, sagte Achim.
„Nur die Hälfte davon“, antwortete Werner.
„Die Hälfte?“ rief Achim entrüstet. „Das ist ja fast nichts! Da kriegt ja jeder nur die Hälfte von der Hälfte!“
Werner teilte das steinharte Gebäck mit kältestarren Fingern in zwei gleiche Häften, packte die eine Hälfte wieder ein und nahm sich von der anderen zwei Plätzchen. Den Rest – sechs Plätzchen – schob er Achim hin. Der fragte nicht viel, sondern verschlang, was er bekam.
„Und jetzt?“ fragte er. „Wir müssen doch irgendwo schlafen.“
„Ja“, sagte Werner. „Wir müssen uns umschauen.“

Reinhard
Janik
1896
1942

„Ich lauf nicht weiter“, winselte Achim. „Mir tun die Füße weh. Mir tut alles weh!“
„Dann bleib hier sitzen. Ich such allein.“
Aber vor dem Alleinbleiben hatte Achim eine noch größere Angst als vor dem Weiterlaufen, und so trottete er hinter Werner her. Sie konnten sich gegenseitig kaum sehen in der Dunkelheit, aber sie hörten die Schritte und den Atem des anderen. Immer wieder stießen sie gegen Kreuze und Grabsteine und steinerne Engel.
„Meinst du, hier gibt es Gespenster?” hauchte Achim.
„Blödsinn“, sagte Werner mürrisch, aber wohl war ihm auch nicht.
„Wir könnten uns einen Haufen Reisig zusammentragen und hineinkriechen“, schlug Achim vor.
„Wir brauchen ein Dach“, antwortete Werner. „Es nieselt.“
Sie stießen auf den Weg, der an der inneren Mauerseite entlangführte. Sie entdeckten die Umrisse eines Schuppens. Es war ein offener Schuppen. Werner tastete herum, stieß einen Stapel Blumentöpfe um, daß es klirrte, und fand mehrere volle Säcke, nebeneinander aufgereiht. „Du, hier ist Torf“, flüsterte er Achim zu.
Er kannte Torf von dahein. Er hatte oft beim Gärtner Jellinek zugeschaut: Fasern, wie winzige Wurzeln, bröseliges Geflecht, grober Staub. Torfsäcke und ein Dach darüber.
„Komm hierher“, sagte er leise. „Wir wühlen uns in den Torf.“
Ein Sack war schon geöffnet und angebraucht, den

daneben rissen sie auf. Es war nicht einfach, sich in der Dunkelheit in den fest zusammengepreßten Torf zu wühlen. Es staubte. Sie mußten husten. Sie waren sich gegenseitig im Weg. Aber ihre kalten Füße wurden warm von der Arbeit, und schließlich saßen sie mit angewinkelten Knien tief im Torf und lehnten sich aneinander. Sie wärmten sich gegenseitig, und der Torf hielt sie auch warm. Es ließ sich aushalten. Achim schlief sofort ein. Er ließ seinen Kopf gegen Werners Schulter sinken und begann zu schnarchen. Werner wollte noch eine Weile wach bleiben und Pläne fassen für den nächsten Tag. Aber seine Gedanken verschwammen. Leni Menk, Glauchau, Kantstraße drei, dachte er noch ein paarmal, dann schlief auch er.

Wie die Adameks zu Fuß nach Westen wanderten

Gegen Morgen mußte Werner niesen. Davon erwachte er. Es dämmerte schon. Achim schlief noch fest, er lag auf seinem Arm, und der war eingeschlafen. Werner versuchte sich vorsichtig zu bewegen. Aber da war das bißchen Wärme plötzlich weg. Er begann zu frieren, er schlotterte vor Kälte. Ihm fiel ein, daß sie sich nicht erwischen lassen durften. Er rüttelte Achim wach.

„Laß mich", ächzte Achim schlaftrunken.

Aber als Werner aus seinem Sack geklettert war, wurde es auch Achim kalt. Und der Gedanke, daß Werner ihn hier allein sitzen lassen könnte, machte ihn vollends munter. Steif stelzten sie aus dem Schuppen. An ihren Mänteln, ihren Hosen, sogar an ihren Haaren hingen Torfzotteln. Sie klopfen sich gegenseitig ab, aber vieles blieb hängen und hinterließ eine Spur, wenn sie gingen. Sogar in ihren Nasenlöchern klebte Torfstaub.

„Jetzt müssen wir frühstücken", sagte Achim.

Aber Werner wollte die letzten Plätzchen noch nicht herausrücken und vertröstete Achim auf später. Kurz vor dem Friedhofsportal kamen sie an einem Wasserhahn vorüber. Er war abgestellt, aber in dem

Becken darunter hatte sich Wasser angesammelt, trübes Wasser über verwehtem Sand und faulenden Blättern. Achim schöpfte mit den Händen daraus und trank.
„Das hätte dir die Mutti nie erlaubt", sagte Werner. „So eine Dreckbrühe!"
Sie spähten vorsichtig aus dem Friedhofstor auf die Straße. Außer ein paar Kindern war niemand zu sehen. Da wagten sie sich hinaus. Sie hörten wieder Geschützdonner.
„Wenn dort die Front ist, wo es donnert", sagte Werner, „dann muß hier Westen sein. Wir müssen nach Westen. Glauchau liegt im Westen."
Und er bog in die nächste Straße ein, die rechts abzweigte. Sie verwandelte sich bald in einen geschotterten Weg und führte an den letzten Häusern vorbei in die Felder hinein. Eine Frau legte ein Federbett aus dem Fenster und rief einer Nachbarin, die ein Fahrrad aus dem Haus schob, einen Gruß entgegen.
„Haben Sie gehört?" rief die Nachbarin ihr zu. „Ein Frontdurchbruch! Wenn die Russen nicht aufgehalten werden, sind sie in ein paar Tagen hier. Ich laß mich jetzt nicht mehr hinhalten. Ich packe."
„Dann werde ich noch heute meine Kaninchen schlachten", sagte die Frau im Fenster.
Es nieselte nicht mehr. Wind kam auf. Als die Adameks auf einem Grasweg mit breiten Räderspuren mitten zwischen Feldern und Wiesen dahinwanderten, begannen die Wolken im Osten rosa zu schimmern. Kurz darauf brach die Sonne durch. Werner blieb stehen und schaute sich um.
Jetzt kann ich mich nach den Kanonen und nach der

Sonne richten, dachte er. Aber ich glaube, wir sind etwas zu weit nach Süden gegangen. Wir müssen uns rechts halten.

Sie gerieten in einen Wald. Sie hatten Glück, denn der Weg verlor sich nicht und lief auch ziemlich gerade. Sie aßen das letzte Gebäck im Gehen, denn Werner hatte Angst vor einer Rast: Wenn Achim erst einmal saß, wollte er bestimmt nicht weitergehen und schlief vielleicht ein.

„Wenn du willst, daß wir bald zur Tante Leni kommen, müssen wir uns beeilen", sagte Werner zu ihm.

„Meinst du, wir kommen heute abend an?" fragte Achim hoffnungsvoll.

„Heute abend noch nicht, aber vielleicht in drei oder vier Tagen. Es kommt eben darauf an, wie schnell wir gehen."

Werner hätte selber gern gewußt, wie lange man zu Fuß bis nach Glauchau brauchte. Er hatte keine Ahnung, ob man mit drei oder dreißig Tagen rechnen mußte. Aber das konnte er doch Achim nicht sagen, den man so schwer von der Stelle bekam!

„Und wo werden wir schlafen?" fragte Achim. „Und was werden wir essen?

„Ich weiß noch nicht", antwortete Werner. „Jedenfalls müssen wir einen Bogen um die Dörfer machen. In den Dörfern kennen sich alle und merken, daß wir Fremde sind. Und jetzt sprich mir nach: Leni Menk, Glauchau, Kantstraße 3."

„Warum soll ich das nachsprechen?" fragte Achim mißlaunig.

„Damit du weißt, wo du hingehörst, wenn wir doch irgendwie auseinanderkämen. Du weißt doch, bei

Tante Leni treffen wir uns alle, Mutti und Vati und wir. Wenn du die Adresse nicht auswendig lernst, mußt du in einem Kinderheim bleiben. Also los!"
„Leni Menk in Glau – chau, Kaaantstraße drei!" leierte Achim in passendem Takt zu seinen Schritten. Er erfand sogar eine Melodie zu diesem Text und schmetterte Tante Lenis Namen und Adresse in den Wald.
„Sei leise", ermahnte ihn Werner, „sonst hören uns noch die Russen!"
Sie begegneten einem alten Mann, der ihnen etwas zubrummte, als er mit herabgeklappten Ohrenklappen vorüberschritt. Etwas später wurden sie von einem Pferdewagen eingeholt.
„Wollt ihr mitfahren?" fragte der Kutscher, der auf ein paar Säcken saß. Achim nickte glücklich, aber Werner stieß ihn in die Seite und sagte: „Danke, wir müssen gleich abbiegen."
„Jetzt hätten wir uns so schön fahren lassen können!" rief Achim wütend, als das Fuhrwerk zwischen den Stämmen verschwunden war.
„Der wäre doch neugierig geworden!" antwortete Werner heftig. „Der hätte uns ausgefragt. Ich kann nicht so großartig lügen. Du vielleicht?"
Der Himmel zwischen den Fichtengipfeln war wieder verhangen. Die Adameks hatten keine Ahnung, ob es bald Mittag war oder vielleicht schon Abend wurde. Plötzlich gerieten sie an den Waldrand. Ein flaches Tal öffnete sich, darin lag ein Dorf. Werner schlug den Weg ein, der am Waldrand entlangführte. Er wollte das Dorf umgehen. Sie kamen nur noch langsam vorwärts. Achim wollte nicht mehr. Er

maulte, und als das nichts half, heulte er. Werner ärgerte sich über ihn. Konnte er sich nicht etwas zusammenreißen?

„Aber wenn ich doch so Hunger hab!" schluchzte Achim und setzte sich auf einen abgesägten Baumstamm.

Da setzte sich Werner neben ihn und legte seinen Arm um ihn, genauso, wie seine Mutter es manchmal mit ihm gemacht hatte. Er sagte: „Wenn wir hier lange sitzen bleiben, fangen wir an zu frieren. Komm doch. Sei vernünftig."

„Und die Füße tun so weh!" klagte Achim.

Sie hatten beide nicht aufgepaßt und erschraken nun, als plötzlich ein Mädchen vor ihnen stand, eine Handbreit größer als Werner, ein mageres Ding mit struppigen Zöpfen und einem geflickten Lodenmantel. Sie starrte die Adameks neugierig an.

„Was seid ihr denn für welche?" fragte sie.

„Was geht dich das an?" fragte Werner zurück. „Laß uns in Ruhe."

Sie entdeckte die schmutzigen Schuhe, die schlammbestritzten Hosenbeine. Sie hatte einiges aufgeschnappt, was die Adameks miteinander gesprochen hatten.

„Gebt doch zu, daß ihr von daheim ausgerissen seid", sagte sie.

„Unsinn!" rief Werner zornig. „Wir gehen spazieren, das ist alles!"

„Mir könnt ihr's ruhig sagen, ich verrat' euch nicht", sagte das Mädchen. „Ich will nämlich selber von daheim ausreißen. Heute noch nicht, aber bald. Daheim mögen sie mich nicht."

„Hast du was zu essen?“ fragte Achim.
„Wieso?“ fragte das Mädchen. „Habt ihr nichts von daheim mitgenommen? Da wart ihr schön dumm. Man muß doch planen. Wenn ich weggehe, nehme ich mir einen ganzen Rucksack voll mit. Ich warte nur noch, bis das Wetter besser wird, damit ich draußen übernachten kann. Die werden eine Angst kriegen! Dann werden sie zum ersten Mal merken, daß ich auch jemand bin –“
„Wenn du was zu essen hast, dann bring's doch her“, sagte Achim.
„Ja“, sagte sie, „wartet, ich bring' euch was“, und lief hangabwärts, auf das Dorf zu.
„Aber wehe, du verrätst uns!“ rief Werner ihr nach.
Sie lachte und winkte und sagte etwas, das er nicht verstand. Dann verschwand sie zwischen den kahlen Obstbäumen.
Die Adameks warteten über eine Stunde. Als sie die Hoffnung auf ihre Rückkehr schon fast aufgegeben hatten und vor Kälte schlotterten, erschien sie aus einer ganz anderen Richtung. Ihr Lodenmantel bauschte sich.
„Ich hab erst warten müssen, bis die Luft rein war“, keuchte sie. „Ausgerechnet heute hat meine Großmutter dauernd in der Speisekammer herumgewirtschaftet. Meinen Großeltern gehört nämlich der Hof. Wir sind zu ihnen gezogen, weil unsere Wohnung in Hamburg ausgebombt ist. Wenn der Krieg zu Ende ist, kehren wir wieder heim.“
Achim war aufgestanden. Er begriff nichts von dem, was das Mädchen erzählte.
„Hast du nichts mitgebracht?“ fragte er enttäuscht.

Da ließ das Mädchen vorsichtig eine schmutzige Stofftasche unter ihrem Mantel hervorgleiten. Achim begann darin zu wühlen und stieß Freudenschreie aus, als er eine halbe Salami, ein rundes Brot, ein paar trockene Semmeln, ein Stück Räucherfleisch und einen schon halb geleerten Pappbecher mit Kunsthonig fand. Er vergaß alles um sich her und begann wie wild zu essen.

„Aber das merken doch deine Leute", sagte Werner beklommen.

„Möglich", antwortete das Mädchen. „Sie werden sowieso niemand anderen als mich in Verdacht haben. Ich nasche nämlich. Ich kriege eben ein paar Ohrfeigen, und fertig. – Denen geht nichts ab. Auf einem Bauerhof gibt es ja noch fast alles."

„Also dann Dankeschön", sagte Werner hastig und fing auch an zu essen.

„Kommt ihr von weit her?" fragte das Mädchen und kauerte sich neben die Adameks. „Habt ihr was von den Russen gesehen? Sie sollen schon nahe sein. Bei uns im Dorf haben die meisten Leute schon ihre Uhren und Ringe und Ketten vergraben. Sie haben alle Angst. Wenn die Russen kommen, wird es ein tolles Durcheinander geben. Manche wollen flüchten, andere wollen sich in den Wäldern verstecken. Vielleicht benutze ich dann die Gelegenheit und haue ab. Hier in den Wäldern kenne ich mich aus."

„Wir brauchen einen Platz zum Übernachten", sagte Werner nachdenklich.

„Ich weiß was", antwortete sie. „Eine Scheune mit Heu auf dem Dachboden. Nur noch ein Rest, aber für euch langt er. Die Scheune gehört zu unserem

Hof, aber es geht selten jemand hin. Dort seid ihr ziemlich sicher."

„Ist sie weit weg?" fragte Achim mit vollem Mund.

„Vielleicht eine halbe Stunde von hier, auf der anderen Hangseite. Man kann sie von hier nicht sehen. Ich führe euch hin. Dort könnt ihr ruhig ein paar Tage bleiben. Wir haben ja schon seit ein paar Wochen schulfrei, da kann ich mich jeden Tag zu euch raufschleichen."

„Wir müssen morgen schon weiter", sagte Werner. „Wir haben es eilig."

In dieser Nacht schliefen sie wunderbar: satt und warm. Es störte sie nicht einmal, daß die hohen Fichten hinter der Scheune ununterbrochen rauschten und ächzten, daß Mäuse im Gebälk raschelten und daß der Wind durch die Ritzen pfiff.

Am nächsten Morgen schien die Sonne. Es gab hier oben kein Wasser zum Waschen, aber es war ja auch nicht unbedingt nötig, sich zu waschen. Sie aßen nicht viel, sie waren noch satt vom vergangenen Tag. Werner bestimmte die Wegrichtung nach der Sonne und warf sich die alte Stofftasche, die das Mädchen ihnen überlassen hatte, über die Schulter. Dann marschierten sie los.

„Jetzt brauchen wir so lange nicht Zähne zu putzen, bis wir bei Tante Leni ankommen", sagte Achim zufrieden. „Und einen Kamm haben wir auch nicht."

„Danach sehen wir aus", sagte Werner und zupfte Achim Heufasern aus den Haaren.

Als das Mädchen gegen Mittag mit neuen Vorräten vom Dorf heraufgekeucht kam, traf sie die Adameks schon nicht mehr an. Sie versuchte noch, sie einzuholen, aber sie verlor ihre Spur. Enttäuscht kehrte sie um.

Für die nächsten vier Tage reichte der Proviant. Die Adameks wanderten langsam, aber beharrlich westwärts, indem sie sich an Sonne und Kanonendonner orientierten. Sie wurden zäher, sie schafften jeden Tag eine etwas längere Strecke, sie gewöhnten sich an Wind und Wetter, sie wagten mehr und waren nicht mehr so schreckhaft wie am Anfang. Sie waren auch schon geübter im Lügen: Werner erzählte jedem, der sie ausfragen wollte, sie seien Bombengeschädigte aus Hamburg und würden nach dem Krieg wieder dorthin zurückkehren. Sie seien erst ein paar Tage bei ihren Großeltern auf dem Bauernhof und wollten sich im Wald umsehen.

„Ihr seht ja fein aus", sagte ein alter Bauer zu ihnen, der eine Schubkarre vor sich herschob.

Das stimmte. Ihre Hosen, ihre Mäntel waren über und über schmutzig, ihre Schuhe schlammverkrustet, ihr Haar struppig, Gesicht und Hände seit Tagen ungewaschen!

„Ihr werdet was Schönes von eurer Mutter zu hören kriegen", sagte der Bauer. „Übrigens, wie heißt ihr denn?"

„Müller", sagte Werner schnell.

„Und wie heißen eure Großeltern mit dem Bauernhof?"

Werner erschrak. Auf diese Frage hatte er sich nicht vorbereitet. Sicher kannte der Mann alle Leute in der Umgebung.

„Ich weiß nicht", sagte er hastig. „Wir sagen nur Oma und Opa."

„Dann wird es Zeit, daß ihr euch die Namen eurer Großeltern merkt", sagte der Mann. „Sonst kann euch niemand helfen, wenn ihr euch verlauft."
„Lauft schnell heim, es wird schon dunkel", rief ihnen am Abend dieses Tages eine Frau zu, die Weidenkätzchen pflückte.
„Es ist leichsinnig von eurer Mutter, euch so im Wald herumstromern zu lassen!" krächzte die Alte, die fast wie eine Hexe aussah, an einem der nächsten Tage. „In diesen Zeiten! Die Wälder sind voll von Spionen und Deserteuren und entflohenen Häftlingen. Und in ein paar Tagen sind die Russen da – weiß Gott, was uns dann geschieht! Heutzutage sollte jeder am besten daheim bleiben."
Die Hügel wurden immer höher, je weiter die Adameks nach Westen kamen. Sie gerieten in keine Großstadt. Hier gab es nur Dörfer, einzelne Höfe oder kleine Städtchen. Sie waren leicht zu umgehen. Einige Male mußten die Adameks Landstraßen überqueren. Sie beobachteten Flüchtlingstrecks – Reihen vollbeladener Pferdewagen mit Planen überspannt, die sich die Hügel hinauf- und hinabquälten. Sie sahen lange Züge von Soldaten in fremden Uniformen mit geschorenen Köpfen.
„Das sind Gefangene", erklärte Werner.
Einmal begegneten sie auch einem endlosen Zug von Häftlingen in schwarzweiß gestreiften Hosen und Kitteln, die sich mühsam dahinschleppten. Manche von ihnen hatten Gesichter, die Werner an Totenköpfe erinnerten. Die Wachleute fluchten und drohten und trieben die Letzten an, die torkelten und stolperten und sich aneinanderklammerten.

„Was sind denn das für Leute?“ fragte Achim verstört und blieb stehen. „Warum sind die denn so gestreift?“
Werner wußte weder, was es für Leute waren, noch, warum sie so gestreift waren. Erschrocken sah er, wie ein Wachsoldat auf einen alten Mann einschlug.
„Hast du das gesehen?“ rief Achim Werner zu. „Dabei hat der ihm gar nichts getan!“
„Steht da nicht rum, ihr Gören!“ rief der Wachsoldat herüber. „Das ist nichts für euch! Verschwindet!“
„Ich möchte bloß wissen“, sagte Achim und drehte sich immer wieder nach dem Zug um, „was die Schlimmes getan haben, daß sie so behandelt werden. Es muß was ganz Schlimmes gewesen sein. Hast du's auch gesehen? Der Alte hat geweint! Der hat mir richtig leid getan. Guck mal, jetzt führen ihn zwei andere. Das finde ich nett von denen, daß sie ihm helfen. Er kann doch nichts dafür, wenn er schon so alt ist und nicht mehr schnell marschieren kann!“
Werner antwortete nicht. Er dachte nach. Dieser Alte hatte ein bißchen wie Herr Wessel ausgesehen, nur hatte er den Kopf ganz kahlgeschoren gehabt und war viel magerer im Gesicht gewesen. Was konnte so ein alter Mann denn Schreckliches verbrochen haben?
Ihm war sehr elend zumute.

Alle diese Züge wanderten nach Westen, weg von der Front, in die Sicherheit. In entgegengesetzter Richtung bewegten sich Lastwagen und Fuhrwerke, beladen mit Proviant, Soldaten und Waffen, über die zerfahrenen und pfützenübersäten Straßen auf die Front zu. Von den Straßen drang der Lärm bis weit in die Wiesen und Felder.

Einmal hängten sich die Adameks an einen Flüchtlingsplanwagen. Es tat so gut, auszuruhen und trotzdem voranzukommen. Aber eine Frau unter der Plane entdeckte sie und jagte sie weg.

„Schämt ihr euch nicht?“ rief sie schrill. „Ihr seid hier daheim, ihr habt nur ein paar Schritte zu laufen, dann könnt ihr euch ausruhen! Aber wir sind schon ein paar hundert Kilometer unterwegs und haben noch einen langen Weg vor uns. Unsere Pferde sind todmüde!“

Erschrocken sprangen die Adameks ab. Nein, wenn die Pferde so müde waren, wollten sie den Wagen natürlich nicht noch schwerer machen – so schön es auch war, hinten dranzuhängen und die Füße auszuruhen.

Zwei Tage lang versuchten sie, zwischen den Orten an den Straßenrändern entlangzuwandern. Hier war so viel Verkehr, hier fielen sie nicht so auf. Aber sie mußten den Pferdewagen und Lastautos immer wieder ausweichen und wurden bespritzt, so daß Werner sich entschloß, doch wieder Wald- und Feldwege zu wählen.

Aber auch auf den Feldern fühlten sie sich nicht sicher. Da arbeiteten Bauern. Die beobachteten mißtrauisch alle Fremden. Werner wurde die Angst nicht los. Er bekam einen unsicheren Blick, wenn sie jemandem begegneten.

Aber sie hatten wenigstens Glück mit dem Wetter.

Drei Tage nacheinander schien die Sonne. Es waren richtige Vorfrühlingstage. Tagsüber wurde es ihnen wunderbar warm.
„Ich glaube", sagte Werner versonnen, „es ist schon April. Wir sind am neunundzwanzigsten März abgefahren. Ich hab das Datum auf unserem Bahnhof gesehen."
Abends aber kühlte es stark ab.
Einmal schliefen sie in einer überdachten Wildfutterkrippe, in die jemand erst kurz vorher ein Bündel Heu geworfen hatte. Ein anderes Mal schlüpften sie durch eine Luke in eine Feldscheune und schliefen zwischen leeren Säcken auf der Tenne. Am nächsten Morgen rollten sie ein paar Säcke zusammen und nahmen sie mit. In den folgenden Nächten schliefen sie in diesen Säcken auf überdachten Hochsitzen.
„Und wenn der Jäger kommt?" fragte Achim.
„In der Nacht kommt kein Jäger", sagte Werner. „Da sieht er ja nichts. Und am Morgen, wenn es hell wird, sind wir schon wieder unterwegs. Außerdem gibt es jetzt ja fast keine Jäger."
Am fünften Tag wurde das Essen knapp, und es wurde noch einmal winterlich kalt. Trotz der Säcke froren die Adameks jämmerlich. In der Nacht schneite es sogar.
„Ich will wieder heim!" heulte Achim.
„Aber daheim ist doch niemand", sagte Werner.
„Ich will zur Mutti!" jammerte Achim.
„Aber du weißt doch–" seufzte Werner bekümmert.
„Aber ich will zur Mutti!" schrie Achim.
„Sei still", flüsterte Werner erschrocken, „das hört man ja bis ins nächste Dorf!"

Er rieb Achim die kalten Hände und Füße und versuchte ihn zu beruhigen. Aber Achim wollte sich nicht trösten lassen. Immer wieder, wenn er aus einem unruhigen Schlaf erwachte, jammerte er nach seiner Mutti. Werner überlegte verzweifelt. Aber er sah keine andere Möglichkeit, als so schnell wie möglich weiterzuwandern, auf Glauchau zu.
Am nächsten Morgen wanderten sie durch den Schnee. Aber schon bis zum Mittag taute der Schnee wieder weg. Die Adameks mußten durch Pfützen und Matsch waten. In den Wiesen stand das Wasser. Die Waldwege waren aufgeweicht.
„Ich hab nasse Füße", klagte Achim.
Freilich, die Schuhe waren längst nicht mehr wasserdicht. Sie waren ja seit daheim nicht mehr geputzt oder eingefettet worden. Werner konnte Achim auch nicht helfen. Er hatte selber nasse Füße.
Am Abend aßen die Adameks das letzte Stück Brot, das inzwischen steinhart geworden war. In der Nacht versuchten sie wieder auf einem Hochsitz zu schlafen, aber es blies ein so kalter Wind, daß ihnen nicht anderes übrig blieb, als diesen Hochsitz wieder zu verlassen und mitten in der Nacht weiterzuwandern, wenn sie nicht erfrieren wollten. Die doppelten Hosen und die zwei Pullover übereinander hatten ihnen an den warmen Frühlingsmittagen zu schaffen gemacht. Aber jetzt, in diesen kalten Nächten, retteten sie ihnen vielleicht das Leben.
Sie tappten durch die Finsternis. Sie sahen kaum die Umrisse der Bäume. Als sie aus dem Wald herauskamen, konnten sie den Weg etwas genauer sehen. An einer Weggabelung zögerte Werner lange. Er

konnte keinen Geschützdonner hören, und die Sonne war ja auch nicht da. Schließlich schlug er den rechten Weg ein, nur um in Bewegung zu bleiben. Sie gingen bergauf und gerieten wieder in einen Wald. Aber nach Mitternacht war es nicht mehr so dunkel. Hinter den Wolken schien irgendwo der Mond.
Achim war sehr schweigsam. Es schien, als schliefe er im Gehen. Nur einmal wurde er hellwach: als sein rechter Schuh platzte. Die Sohle klaffte, die Zehen schauten heraus, denn die Strümpfe waren voller Löcher.
„Und jetzt?“ schluchzte er. „Ich kann doch nicht barfuß gehen!“
Werner zog die beiden Socken, die sie im Lazarett geschenkt bekommen hatten, über den kaputten Schuh. So konnte Achim weitergehen.

Wie die Adameks zu Tante Else und Onkel Karl fanden

Gegen Morgen klagte er über Durst und Kopfschmerzen. Er fror so sehr, daß ihm die Zähne aneinanderschlugen. Die Nase lief ihm. Die Taschentücher waren im Ranzen. Er hatte sich längst daran gewöhnt, die Nase am Ärmel abzuwischen. Jetzt aber ließ er sie laufen. Er schnaufte und weinte still vor sich hin. Als es hell wurde, ließ er seine Säcke fallen, setzte sich plötzlich mitten auf dem Weg nieder und wollte nicht mehr weitergehen.

„Aber du kannst doch hier nicht einfach sitzenbleiben!“ rief Werner erschrocken.

„Laß mich“, schnaufte Achim. Er ließ sich nach hinten sinken und rollte sich zusammen.

„Du kannst doch hier nicht anfangen zu schlafen!“ jammerte Werner. „Wenn du willst, trag ich dich!“ Er versuchte ihn hochzuziehen.

„Laß mich“, seufzte Achim schläfrig.

„Bitte, Achim, steh doch auf“, bettelte Werner, „nur bis zur nächsten Scheune, ich versprech dir's: Nur bis zur nächsten Scheune!“

„Es gibt ja keine nächste Scheune“, flüsterte Achim.

„Aber ich kann doch nicht ohne dich bei Tante Leni ankommen“, schluchzte Werner. „Die Mutti hat doch gesagt, ich soll mich nicht von dir trennen! Und wenn der Vati schon dort ist –! Die erwarten uns beide! Was würden die denn sagen, wenn ich allein ankäme! Das kannst du nicht machen –"

Aber Achim hörte Werners Gejammer nicht mehr. Er schlief. Werner kauerte sich neben ihn und und rüttelte ihn. Achim ließ sich nicht wecken. Da breitete Werner seine Säcke zwischen Holundergebüsch am Wegrand aus, packte Achim unter den Achseln und schleifte ihn aus dem aufgeweichten Lehm des Waldwegs auf die trockenen Säcke. Denn deckte er ihn mit Achims Säcken zu.

Er überlegte angestrengt: So konnte Achim nicht liegenbleiben. Er war rot im Gesicht und keuchte. So hatte er schon einmal ausgesehen, noch daheim, als er die Mandelentzündung gehabt hatte. Er war also krank. Aber wenn er, Werner, Hilfe holte, so kam alles heraus! Dann wurden sie getrennt und in Kinderheime gesteckt! Wenn er doch nicht schon zehn Jahre alt wäre! Wenn er doch ein Jahr später geboren wäre! Dann könnte er bei Achim bleiben.

Aber bin ich nicht einer der Kleinsten aus meiner Klasse gewesen? dachte er. Könnte ich nicht sagen, ich bin erst neun? Es würde sicher eine Weile vergehen, bis sie mein richtiges Alter heraus hätten. Bis dahin wäre Achim längst wieder gesund. Dann könnten wir immer noch zu zweit ausreißen, bevor sie uns trennen!

Er ließ Achim liegen und rannte den Weg weiter, dem nächsten Dorf zu. Er führte vom Sattel eines flachen Berges hangabwärts. Als er um eine Biegung kam, entdeckte er einen einzelnen Hof, zu dem ein

Pfad abzweigte. Der Hof lag am Waldrand, und weitab, in einer Mulde, lag ein Dorf.
Er schaute sich um und prägte sich den Weg ein. Dann lief er auf den Hof zu. Am Giebel des Wohnhauses hing ein verwittertes Schild: GASTHOF WALDESRUH. Aus einem Stall schimmerte ihm Licht aus winzigen Fenstern entgegen. Ein Hund begann zu bellen. Als Werner sah, daß er angekettet war, rannte er an ihm vorbei und hastete in die offene Stalltür hinein. Eine rundliche Frau in Gummistiefeln und mit geflochtenem Haarknoten im Nakken warf Heu in eine Krippe. Im Hintergrund schleppte ein alter Mann zwei Eimer. Es war dämmrig im Stall. Die Glühbirne an der Decke verbreitete nur schwaches Licht.
Erstaunt drehte sich die Frau nach Werner um.
„Bitte", keuchte er, „mein Bruder liegt draußen im Wald. Ich glaube, er ist krank. Und ich bin erst neun Jahre alt!"
Dann brach er in ein jämmerliches Geheul aus.
„Du lieber Gott", sagte die Frau und legte die Heugabel weg. Sie warf einen Blick auf sein schmutziges Gesicht, dann rief sie dem Mann zu: „Karl, komm mal her, hier ist ein fremdes Kind!"
Sie strich Werner über das struppige Haar und sagte: „Jetzt ist ja alles gut. Wir werden deinen Bruder gleich holen. Zeig ihn uns. Karl, nimm eine Decke mit, er wird halb erfroren sein."
Werner führte sie zurück zum Gebüsch. Achim war jetzt wach. Er warf den Kopf hin und her und atmete sehr schnell. Der alte Mann hob ihn vorsichtig auf, und die Frau wickelte ihn in die Decke.

„Mutti", murmelte Achim.
Der Mann trug Achim behutsam auf den Armen davon. Werner rollte die Säcke zusammen und trug sie nach. Die Säcke waren kostbar, die würden sie brauchen, wenn sie weiterwanderten.

Achim wurde in die Wohnstube getragen, auf die Ofenbank neben dem großen Kachelofen. Die Frau schleppte Federbetten herbei, wärmte sie an den Kacheln an, füllte eine Wärmflasche mit dampfendem Wasser, kochte Tee. Sie hieß den Mann eine runde Zinkwanne hereintragen und heißes Wasser eingießen. Er legte Holzscheite nach und brachte die Herdplatte fast zum Glühen. Er füllte große Töpfe mit Wasser und stellte sie auf den Herd, während die Frau Achim den Tee einflößte. Sie zog ihm die Socken vom Schuh und dann die Schuhe aus. Über den aufgeplatzten Schuh schüttelte sie den Kopf. Sie bat den Mann, ihr zu helfen, als sie Achim auszog.
„So ein schöner Junge", sagte sie.
Die ganze Zeit, während sich die beiden Leute um Achim kümmerten, stand Werner neben der Tür und paßte auf, was mit Achim geschah. Er vergaß, daß er todmüde und hungrig war. Er war für Achim verantwortlich.
Die Frau schaute zu ihm herüber.
„So setz dich doch, Junge!" rief sie ihm zu.
Werner setzte sich auf die Kante der Eckbank hinter einem großen Eßtisch. Es war so warm in der Stube, und als der Mann die Wassertöpfe in die Wanne leerte, füllte sie sich mit Dampf. Werner brach der Schweiß aus. Er hatte ja einige Schichten Kleidung

übereinander an. Seine Lider wurden ihm schwer. Er sah noch, wie die Frau Achim, der nun nackt war, zur Wanne trug, er hörte, wie das Wasser plätscherte und Achim tief seufzte. Der Kopf sank ihm langsam vornüber auf die Tischplatte, die zusammengerollten Säcke fielen ihm aus der Hand. Er schlief.

Er hatte einen wunderbaren Traum: Er badete in warmem Wasser, es roch nach Seife, er fühlte sich, als ob er immer leichter werde. Er fühlte sich so erlöst, so herrlich wohl und eine Stimme sagte irgendwo: „Schau sie dir an. Strohblond, wie unsere beiden."

„Und Sommersprossen auch – wie sie", sagte eine andere Stimme.

Dann versank Werner in Dunkelheit und Wärme.

Als er wieder erwachte, lag er unter einem aufgeplusterten Federbett. Er merkte, daß er ein Männernachthemd anhatte, dessen Ärmel an den Handgelenken hochgerollt waren. Er lag in einer Kammer mit geblümten Tapeten. Es roch nach Holz und Honig. Auf dem Nachttisch brannte eine kleine Lampe, aber durch das Fenster schimmerte noch Tageslicht herein.

Ihm fiel Achim ein. Wo war er? Hatten sie ihn etwa heimlich fortgebracht? Er fuhr hoch und schaute sich um. Auf der gegenüberliegenden Wandseite stand ein zweites Bett, und zwischen Kissen entdeckte er Achims Schopf. Da ließ er sich erleichtert zurückfallen und schlief wieder ein.

Als er das nächste Mal aufwachte, saß die Frau auf dem Rand von Achims Bett. Sie hatte das Federbett hochgeschlagen und wickelte nasse Tücher um

Achims Waden. Achim wälzte sich herum und seufzte. Werner kannte das: Die Wickel waren so kalt, man konnte sich vor ihnen erschrecken. Aber sie hatten auch daheim immer geholfen.
Die Frau sah, daß Werner wach war und sie beobachtete. Nachdem sie Achim wieder zugedeckt hatte, setzte sie sich zu Werner und sagte: „Ich weiß, das Hemd ist zu groß. Aber ich habe kein Kindernachthemd mehr. Unsere beiden Jungen waren ja schon erwachsen. Ich habe eure Sachen gewaschen. Bis sie wieder trocken sind, bleibst du am besten im Bett. Es wird dir nicht schaden. Hast du Hunger?"
Und ob er Hunger hatte! Die Frau brachte ihm einen Teller Grießbrei, der mit Zucker und Zimt überstreut war und dampfte. Werner stürzte sich darauf.
„Das genügt fürs erste", sagte die Frau, als sie den leeren Teller hinaustrug. „Du darfst nicht gleich zu viel auf einmal essen."
Nach einer Weile kam der Mann herein. Er hatte jetzt nicht mehr die geflickten Hosen an wie am Morgen im Stall. Er trug eine Weste und ein sauberes Hemd. Er beugte sich über Achim, dessen Atem sehr schnell ging, dann zog er sich einen Stuhl neben Werners Bett und ließ sich darauf nieder.
„Jetzt erzähl mal, Junge", sagte er. „Und damit du's gleich weißt: Falls ihr irgendwo ausgerissen seid, werde ich euch nicht zurückbringen, wenn ihr es nicht selber wollt. Deshalb kannst du mir ruhig alles erzählen."
„Ich bin neun Jahre alt", sagte Werner hastig.
„Das hast du uns schon gesagt", antwortete der Mann nachdenklich. „Erzähl mir jetzt der Reihe

nach. Du willst doch, daß wir euch helfen, nicht wahr?"
Da erzählte Werner alles, nur nicht, daß er zehn Jahre alt war.
Der Mann überlegte eine Weile, dann sagte er: „Aber wenn du erst neun Jahre alt bist, hattest du doch keinen Grund zur Angst."
Werner wurde rot. Er spürte, daß er sich verraten hatte.
„Wenn du willst", sagte der Mann ernst, „kannst du vorläufig natürlich neun Jahre alt bleiben, auf alle Fälle. Von mir wird jedenfalls niemand erfahren, daß du schon zehn bist – oder etwa elf?"
„Zehn", murmelte Werner.
„Ihr bleibt jetzt erst einmal hier", sagte der Mann, „bis dein Bruder gesund ist. Bis dahin wird auch die Front nähergerückt sein. Sofern wir diese Tage überleben, müßt ihr warten, bis sich die ganze Lage etwas beruhigt hat. Und dann, wenn alle Familien versuchen werden, sich wieder zusammenzufinden, könnt ihr auch zu eurer Tante weiterreisen."
Werner hatte Mühe, ihn zu verstehen. In dieser Gegend sprachen sie einen anderen Dialekt als daheim.
„Wir sind hier nur zu zweit", sagte der Mann, „meine Frau und ich, seit unsere Jungen gefallen sind. Wir führen keinen Gasthof mehr, nur noch die Landwirtschaft. Wir werden euch schon satt bekommen, auch wenn wir für euch keine Lebensmittelkarten haben. Und wir freuen uns, wenn wieder ein bißchen Leben auf den Hof kommt. Allerdings wäre es ganz gut, wenn euch niemand hier sähe, wenigstens so lange, bis der Krieg zu Ende ist. Danach

wird jeder andere Sorgen haben als sich den Kopf darüber zu zerbrechen, was ihr für Vögel seid und wo wir euch herhaben. Übrigens, wie heißt ihr eigentlich?“
„Adamek“, sagte Werner. „Das ist Achim, und ich heiße Werner.“
„Nennt uns Onkel Karl und Tante Else“, sagte der Mann.
Vorläufig waren sie hier geborgen. Für Achim war aufs beste gesorgt, und er, Werner, brauchte sich nicht mehr um etwas Eßbares zu kümmern und sich vor den kalten Nächten zu fürchten. Und die Kanonen hörte man hier nur ganz schwach.
Er nahm sich vor, gleich am nächsten Morgen einen Brief an Tante Leni, Glauchau, Kantstraße 3 zu schreiben: Sag Mutti, wenn sie zu dir kommt, daß es uns gut geht und daß wir kommen, sobald sich alles etwas beruhigt hat.
Darüber schlief er wieder ein und träumte von seiner Mutter.
Am nächsten Tag konnte er aufstehen und seine eigenen Kleider anziehen. Tante Else hatte sie über dem Herd getrocknet. Alles war wunderbar sauber und roch so gut, und die Strümpfe waren gestopft. Er bekam zu essen, so viel er wollte, und Tante Else holte sogar vom Dachboden Spielsachen für ihn herunter: einen großen Brummkreisel, ein Mühlespiel, Dominosteine, einen Holzbaukasten, einen abgewetzten Teddybär und einen Wasserfarbkasten samt einem noch fast leeren Malbuch.
„Ich möchte gern einen Brief an meine Tante schreiben“, sagte Werner schüchtern.

„Kind“, sagte Tante Else, „so ein Brief ist eine ernste und wichtige Sache und strengt an. Wollen wir damit nicht warten, bis dein Bruder gesund ist? Ich kann an gar nichts anderes denken als an ihn. Geht es dir nicht auch so?“
Ja, er mußte zugeben, es ging ihm auch so. Es war wohl wirklich besser, mit dem Brief noch ein paar Tage zu warten. So setzte er sich an den großen Eßtisch und malte, während Tante Else sich um Achim kümmerte und Onkel Karl die Milch in den Ort hinunterfuhr. Über dem Tisch hing eine Pendeluhr. Sie tickte laut und machte so ruhig. Werner fand, daß hier in diesem Haus alles so ruhig war. Wenn Tante Else durch die Stube ging, lächelte sie ihm zu, ließ ihn aber ganz in Ruhe.
Manchmal verließ er den Tisch und ging zu Achim in die Kammer hinüber. Achim hatte noch immer hohes Fieber. Meistens schlief er oder dämmerte vor sich hin. Werner sah, wie seine Nasenflügel sich bewegten. Er hatte keinen Hunger, aber einen unbändigen Durst. Seine Lippen waren vom Fieber spröde geworden. Tante Else tat ihm große Löffel voll Honig in den Tee.
„Der ist von unseren Bienen“, sagte sie.
Achim war so schwach, daß er kaum die Tasse festhalten konnte. Ab und zu, wenn das Fieber etwas sank, rief Tante Else Werner in die Kammer und sagte zu ihm: „Setz dich auf seinen Bettrand, damit er jemand sieht, den er kennt.“
Einmal, als Tante Else gerade hinausgegangen war, sagte Achim: „Tante Leni sieht aber so anders aus.“
„Das ist nicht Tante Leni“, sagte Werner. „Das ist

Tante Else. Wir müssen hier bei ihr bleiben, bis du gesund bist."
„Bin ich denn krank?" fragte Achim erstaunt.
„Und wie! Tante Else hat gesagt, du hast wahrscheinlich eine Lungenentzündung."
Achim schwieg eine Weile, dann sagte er bekümmert: „Ich kann wirklich nichts dafür."
„Nein", sagte Werner, „du kannst nichts dafür. Aber sieh zu, daß du bald gesund wirst, damit wir weiterziehen können."
Aber in den nächsten Tagen wurde Achim nicht gesünder. Im Gegenteil – Werner konnte mit ihm überhaupt nicht mehr reden. Achim sprach oft, vor allem nachts, aber nur wirres Zeug, er sprach mit seiner Mutter und der Kindergärtnerin und auch mit Tante Leni. Die war noch vor einem Jahr bei ihnen auf Besuch gewesen, Achim konnte sich gut an sie erinnern. Aber was er jetzt mit ihr sprach, war ohne Sinn.
„Lauf schneller, Tante Leni, die Mutti ist im Sack", murmelte er einmal, und mitten in der Nacht schrie er auf: „Mutti, wo ist denn dein Gesicht?"
Nur mit seinem Vater sprach er nie. Der war schon so lange nicht mehr auf Urlaub daheim gewesen. Achim wußte kaum mehr, wie er aussah. Für ihn war der Vater ein Fremder geworden, der nicht mehr zur Familie gehörte.
Achims Gesicht wurde schmaler. Tante Else kümmerte sich nur noch um ihn. Onkel Karl mußte die ganze Arbeit im Stall allein erledigen und half sogar in der Küche mit. Manchmal kam er in die Kammer geschlurft und betrachtete Achim kummervoll. Im-

mer wieder schöpfte Tante Else Hoffnung und rief: „Ich glaube, jetzt hat er das Schlimmste hinter sich", oder „Es scheint, er hat's geschafft!" Aber sie irrte sich immer.
Eines Abends, am achten Tag, begann Achim plötzlich zu schwitzen. Schweiß stand ihm in dicken Tropfen auf der Stirn. Da schleppte Tante Else einen ganzen Berg von Federbetten zusammen und türmte ihn auf Achim. Nur rund um sein Gesicht ließ sie noch eine kleine Öffnung. Dann löffelte sie ihm sehr heißen Tee in den Mund. Als er über die Last auf seinem Körper jammerte, sagte sie zärtlich: „Du mußt jetzt schwitzen, Achim, ja? Tu mir den Gefallen. Schwitz alles heraus!"
„Das ist doch eine Quälerei", murmelte Onkel Karl und rieb sich nachdenklich sein stoppeliges Kinn.
„Das hat meine Mutter auch mit mir gemacht, als ich ein Kind war", antwortete Tante Else. „Ich hatte es ganz vergessen. Der Schweiß treibt das Fieber raus. Hol die Wanne herein und mach Badewasser zurecht – aber nicht zu heiß! Und bring ein Badetuch."
Als Achim jämmerlich unter den Kissen wimmerte, wäre Werner am liebsten auf Tante Else losgegangen.
„Laß ihn raus!" schrie er. „Du machst ihn noch tot!"
Aber Tante Else war eigensinnig.
„Nur noch eine kleine Weile", flüsterte sie in die Kissen hinein, und dann erzählte sie hastig eine Geschichte vom Rübezahl. In all der Aufregung konnte sie sich nicht mehr an das Ende der Geschichte erinnern, und so dachte sie sich selber den Schluß aus:

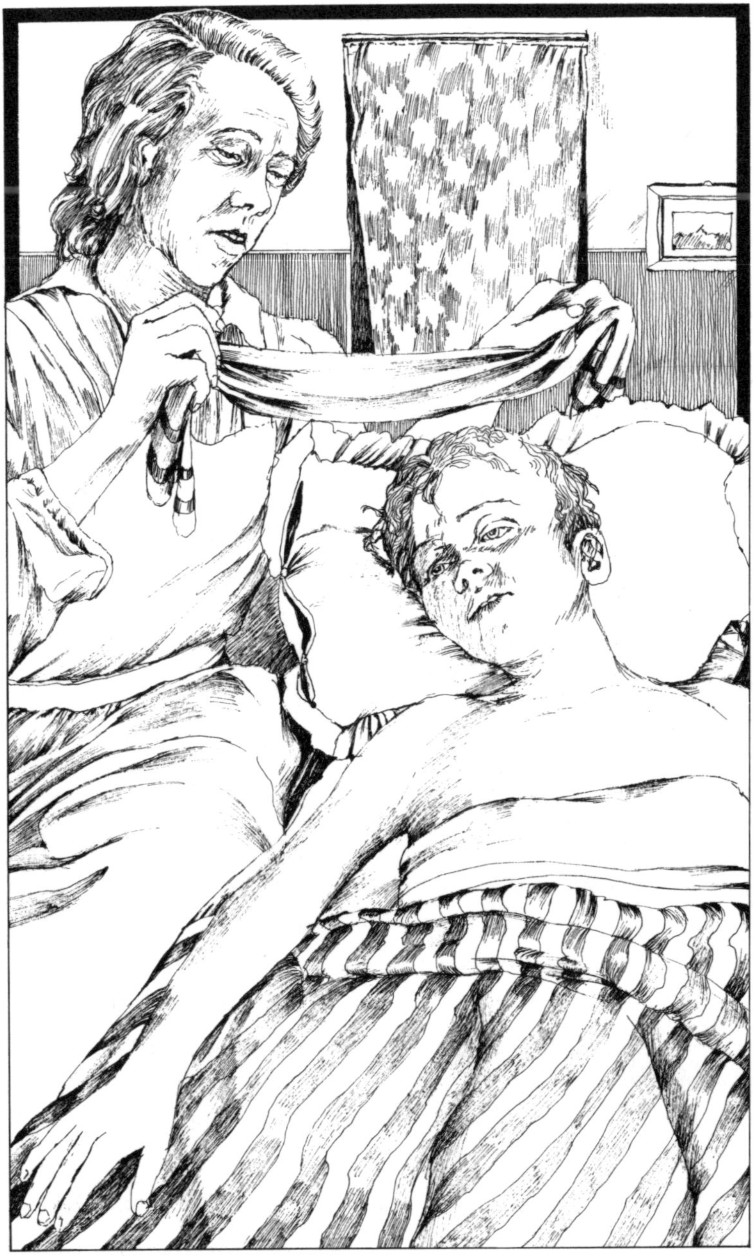

Rübezahl heiratete eine Witwe mit sieben Kinder, um sie aus ihrer Not zu befreien. Achim jammerte aber nicht mehr. Er lauschte.
„So“, sagte sie erleichtert, als sie fertig war, „jetzt hast du genug geschwitzt.“
Sie schälte ihn aus den Federbetten, zog ihm das Nachthemd aus – eine weiße Bluse von ihr selbst –, und rieb ihn ab. Das Badetuch wurde feucht und schwer von seinem Schweiß. Werner, der neben ihm stand, starrte ihn erschrocken an: Wie schmal sein Körper geworden war! Die Rippen waren genau zu sehen, und die Kniegelenke standen spitz heraus. Onkel Karl nahm Achim auf seine Arme und tauchte ihn ins Badewasser. Tante Else wusch ihn. Dann zog sie ihm ein frisches Hemd an und legte ihn in Werners Bett.
„Brav bist du gewesen, gut hast du's gemacht“, flüsterte sie ihm immer wieder zu, aber Achim schlief sofort ein. Sie blieb fast die ganze Nacht neben seinem Bett sitzen. Wenn Werner, der in Achims frisch bezogenem Bett schlief, ab und zu erwachte, sah er im Schein der abgedunkelten Nachttischlampe, wie sie sich über Achim beugte und ihn genau beobachtete. Jetzt tat es ihm leid, daß er sie angeschrien hatte. Einmal schlüpfte er unter seinem Federbett hervor und taumelte schlaftrunken zu Achims Bett hinüber. Scheu warf er einen Blick auf Achims schlafendes Gesicht.
„Es geht ihm besser“, flüsterte ihm Tante Else zu. „Schau nur, wie ruhig er atmet!“
Gegen Morgen legte sie sich für zwei Stunden nieder.

Wie der Krieg zu Ende ging

Achim hatte es geschafft. Er hatte zwar noch mehr als zwei Wochen leichtes Fieber, aber er bekam wieder Farbe und Appetit. Tante Else war glücklich. Sie ertrug es geduldig, wenn er quengelig und launisch war und wenn er von den Speisen, die sie extra für ihn kochte, nur einen oder zwei Löffel aß und dann etwas anderes verlangte. Abgemagert, mit spitzem Kinn, lehnte er am Kissenberg in seinem Rücken und hielt die ganze Familie in Atem. Einmal wollte er mitten in der Melkzeit mit Onkel Karl Mühle spielen, und als er verlor, schrie er vor Wut. Ein anderes Mal plärrte er, weil Werner sich weigerte, ihm die Bremer Stadtmusikanten vorzulesen, nachdem er sie ihm schon viermal nacheinander vorgelesen hatte. Werner fand Achim unausstehlich, und als sie einmal allein in der Kammer waren, flüsterte er ihm zu: „Wenn du so weitermachst, werden sie uns noch rausschmeißen, bevor du gesund bist!"
Aber Tante Else und Onkel Karl dachten nicht daran, die Adameks rauszuschmeißen. Tante Else nahm Achim sogar in Schutz. Sie sagte zu Werner: „Alle Kinder sind so, während sie wieder gesund werden. Ich kenne das von meinen eigenen Kindern. Dann muß man eben ein paar Tage Geduld haben."
„Jetzt will ich aber einen Brief an Tante Leni schrei-

ben", sagte Werner schon am nächsten Tag nach Achims Schwitzkur.

„Du lieber Gott", rief Tante Else, „glaubst du denn, daß jetzt noch Post befördert wird? In ein paar Tagen ist der Krieg aus, halb Deutschland ist schon von Feinden besetzt – wer kümmert sich da noch um die Post? Diese Mühe kannst du dir sparen. Warte, bis Frieden ist!"

Also beschloß Werner, noch zu warten.

Tante Else trennte alte Männerpullover auf und strickte eifrig, sie setzte sich sogar an ihre alte Nähmaschine und nähte aus den Hemden und Hosen ihrer toten Söhne Hemden und Hosen für die Adameks. Sie war so besessen von ihrer Näherei, daß sie kaum darauf achtete, was inzwischen ringsum im Lande geschah. Besorgt hörte Onkel Karl jeden Tag die Nachrichten ab. Eines Morgens, als er gerade wieder vor dem Radio saß und sein Ohr dicht an die Stoffbespannung des alten Kastens hielt, der nur noch quäkte und schnarrte, wurden seine Augen plötzlich starr. Dann sprang er auf und rief zu Tante Else in die Herdecke hinüber: „Der Hitler ist tot!"

Tante Else richtete sich auf und wischte sich die Hände an der Schürze ab. Sie sah genauso verstört aus wie Onkel Karl.

„Und jetzt?" fragte sie.

Onkel Karl zuckte mit den Schultern.

„Er hat's gut", sagte er. „Und wir müssen jetzt alles ausbaden. Du wirst sehen, Else, jetzt bricht alles zusammen, wenn doch keiner mehr an der Spitze steht. Jeder wird versuchen, nur noch seine eigene Haut zu retten."

Tante Else zog ihr Taschentuch aus der Schürze und drückte es vor die Augen.
„Unsere Jungen", schluchzte sie, „macht keiner mehr lebendig."
Eine Woche später gab es keine Nachrichten mehr. Aus dem, was noch im Radio zu hören war, wurde Onkel Karl nicht mehr schlau. Er ging ins Dorf hinunter, in der Hoffnung, dort wisse man mehr. Als er zurückkam, rief er schon an der Stubentür: „Ab morgen wird nicht mehr gekämpft. Es ist ein Waffenstillstand geschlossen worden. Ab morgen ist Frieden!"
„Was ist schon ein Frieden ohne unsere Jungen", seufzte Tante Else.
„Wir sollten nicht nur an uns denken", sagte Onkel Karl. „Immerhin, für viele kommt der Frieden noch zurecht."
„Aber die Russen werden trotzdem hier einziehen", sagte Tante Else. „Wer weiß, was uns dann noch alles passiert!"
„Ja", sagte Onkel Karl, „die Russen werden morgen oder übermorgen hier sein, aber ohne Kampf. Es scheint, wir werden Glück haben."
Schon während der Nacht wanderten Scharen deutscher Soldaten über die Hänge, durch die Wälder, über die Feldwege westwärts. Sie wollten nicht noch am letzten Kriegstag in Gefangenschaft geraten. Um schneller voranzukommen, warfen sie weg, was sie nicht unbedingt brauchten. Onkel Karl fand auf seinen Feldern und Wiesen allerlei, was sich noch verwenden ließ: einen Stapel fast neuer Decken neben einem umgestürzten Wagen, ein paar leere Kanister,

Stöße unbedruckten Papiers, das im Wind herumwirbelte, sogar eine Schreibmaschine und ein herrenloses Pferd, das seelenruhig auf einem Saatfeld graste.
Tante Else hatte in diesen Tagen immer heiße Milch auf dem Herd bereitstehen und eine dicke Kartoffelsuppe. Sie sagte: „Wer zu uns hereinkommt, soll nicht hungrig und durstig wieder fortgehen. Wenn unsere beiden Jungen nicht gefallen wären, dann würden sie jetzt vielleicht auch irgendwo anklopfen und für Milch und Suppe dankbar sein."
Mehrere Male kamen ein paar müde Männer in deutschen Soldatenuniformen herein, tranken und löffelten hastig und hatten es eilig, wieder weiterzukommen. Der Krieg war ja zu Ende, sie wollten heim. Sie wollten fort sein, bevor die Russen kamen. „Macht euch doch auch davon", sagten sie zu Tante Else und Onkel Karl. „Wir haben viele Leute gesehen, die zusammengepackt haben und geflüchtet sind. Überall hier in der Umgebung leeren sich die Dörfer. Die Russen haben den Krieg gewonnen. Sie werden nicht gerade sanft mit euch umgehen."
„Wir bleiben hier", sagte Onkel Karl. „Wir haben keine Verwandten im Westen, zu denen wir flüchten könnten. Und wir können ja auch nicht den Hof alleinlassen. Das Vieh würde jämmerlich zugrunde gehen. Überhaupt, jetzt geht die Frühjahrsarbeit auf den Feldern los. Da kann man doch nicht einfach wegrennen."
„Dann versteckt euch wenigstens während der ersten Tage, bis sich alles beruhigt hat", rieten die Soldaten.

„Ja“, sagte Onkel Karl nachdenklich zu Tante Else, „ich glaube, das ist richtig – wir sollten die Kinder in Sicherheit bringen.“

„Ausgerechnet jetzt, wo ich alle Zeit zum Nähen brauche!“ rief Tante Else ärgerlich.

„Wir würden uns große Vorwürfe machen, wenn ihnen etwas zustieße“, sagte Onkel Karl.

Und so brachte er Tante Else und die Kinder noch am selben Tag hinauf in die Wälder. Er trug Achim auf dem Rücken. Der war warm eingepackt. Tante Else und Werner schleppten Rucksäcke und Taschen mit Decken und Proviant. Werner, der so viele Tage lang das Haus nicht verlassen hatte, sah sich staunend um: Was für ein Frühling! Auf der Obstwiese blühten Bäume. Überall an den Rainen und Waldrändern schimmerte es grün von aufbrechenden Knospen. Auf den Wiesen entdeckte Werner ganze Teppiche von Himmelsschlüsseln, und im Wald blühten unzählige Buschwindröschen. Der Wind war weich und lau.

Sie richteten sich in einer Holzfällerhütte zwischen zwei Schonungen ein. Die Hütte war von Himbeergestrüpp umwuchert. Hütte und Schonungen gehörten zum Hof.

„Es ist ja nur für einen oder zwei Tage“, sagte Onkel Karl. „Dann komme ich und hole euch.“

Er trug noch Holz zusammen, für den Kanonenofen, der in der Hütte stand. Dann kehrte er auf den Hof zurück.

Tante Else hatte sich Nähzeug mitgenommen. Sie wickelte sich in Decken, umstach emsig Nähte und erzählte dabei. Den Adameks hatte sie wieder ein

paar Pullover übereinander angezogen. Sie wagte nicht, den Ofen anzuheizen, wegen dem Rauch, der dann aufstieg und den Russen vielleicht ihr Versteck verriet.
Kein Lärm drang aus den Dörfern herauf. Auch keine Kanonen donnerten mehr ihm Osten. Es war wunderbar friedlich hier oben. Die Sonne wärmte die Holzbank vor der Hüttenwand. Die Luft war voller Vogelgezwitscher.
„Auf diesen ersten Friedenstag haben wir so sehnsüchtig gewartet“, sagte Tante Else. „Frieden! Kaum zu fassen.“
Dann fing sie plötzlich an zu weinen und schluchzte: „Wie schön wäre es gewesen, wenn Onkel Karl und ich uns jetzt hätten auf unsere Söhne freuen können!

Jeden Tag hätten wir sie erwartet, und eines Tages wäre die Tür aufgegangen, und der eine wäre uns um den Hals gefallen, und vielleicht ein paar Tage oder Wochen darauf der andere! Vielleicht wären sie halb verhungert angekommen, krank und enttäuscht, aber ich hätte sie schon wieder herausgefüttert und hätte sie gesundgepflegt und hätte ihnen wieder Mut gemacht!"
„Das hast du ja mit uns auch gemacht", sagte Achim.
„Denn daß wir den Krieg verloren haben", fuhr Tante Else fort, „das hätte sie schwer getroffen. Sie sind nämlich so begeistert Soldat geworden, sie konnten es kaum erwarten, an die Front zu kommen! Und wenn ich damals gesagt hab: ‚Freut euch doch nicht so auf den Kampf, er kann euch das Leben kosten!' Da lachten sie und sagten: ‚Na wenn schon. Wir sterben ja für Deutschlands Sieg!'"
„Unser Vater ist nicht begeistert Soldat geworden", sagte Werner.
„Mag sein", antwortete Tante Else. „Aber die jungen Burschen. Die hätte man gar nicht zu zwingen brauchen, Soldat zu werden. Die wären fast alle freiwillig gegangen. Wer von denen noch lebt und jetzt heimkommt, muß sich erst daran gewöhnen, daß wir den Krieg verloren haben und daß die Toten umsonst gestorben sind. Das wird vielen sehr schwer fallen. Aber glaubt mir, ich hätte meine Jungen schon getröstet und wieder aufgerichtet!"
Sie wischte sich die Tränen aus dem Gesicht.
„Es waren hübsche Burschen, alle beide, und so kräftig", seufzte sie. „Der Ältere hatte auch schon

eine Freundin. Da zieht man so einen Jungen mühsam groß, stillt ihn, füttert ihn, macht Tag für Tag die Schulaufgaben mit ihm, pflegt ihn, wenn er krank ist, bringt ihm mühsam alles bei, was er fürs Leben braucht – und dann ist er zu nichts anderem gut als Soldat zu werden. Alle die Jahre hat man sich mit ihnen abgeplagt, und dann hat's nur fünf Minuten gebraucht, und sie waren hin, getroffen von einer Kugel oder einem Granatsplitter. Jetzt ist der Frieden da, und nur noch wir Alten sind übrig!"
„Wein doch nicht", rief Achim erschrocken, kletterte auf ihren Schoß und umarmte sie voll Mitleid. „Ihr könnt doch neue Kinder kriegen!"
„Nein", seufzte Tante Else, „dazu ist es zu spät. Wir sind zu alt."
Sie putzte sich die Nase, trocknete sich die Augen und stichelte weiter.
Am nächsten Tag wurde es wieder lauter. Auf einer fernen Straße sahen Werner und Achim mit ihren scharfen Augen viele Lastautos und Pferdewagen. Wenn es ganz windstill war, konnten sie Rufe und Schreie aus dem Dorf hören. Aus einem Nachbardorf stieg Rauch auf. Tante Else wurde unruhig.
„Wenn nur meinem Karl nichts geschieht", jammerte sie immer wieder. „Er hat ja niemandem etwas getan. Und außerdem könnte ich ohne ihn ja auch gar nicht fertigwerden, mit dem Vieh und den Bienen und den Feldern. Es ist schon schlimm genug, daß unsere Jungen nicht mehr helfen können."
Und plötzlich rief sie, erschreckt: „Sie werden uns doch nicht etwa den Hof anzünden?"
Am Abend brachte Onkel Karl neuen Proviant. Er

war sehr bedrückt. „Die Frauen und Kinder haben sich in die Wälder verkrochen, genauso wie ihr“, berichtete er. „Das ganze Dorf ist voller Russen. Der alten Wedemeierin haben sie eins mit dem Gewehrkolben übergehauen, weil sie nicht zulassen wollte, daß sie ihr die einzige Kuh wegnahmen. Es heißt, sie sei noch nicht wieder zu sich gekommen. Gestern abend haben sie den Sieg gefeiert und haben sich alle besoffen. Dazu haben sie alle Hühner und Schweine eingefangen, die sie nur erwischen konnten, und haben sie geschlachtet und gebraten. Auf alle Uhren sind sie scharf, weiß der Teufel, warum. Und in Hergenau drüben ist der Wagner-Hof abgebrannt. Dort haben auch Russen kampiert. Die hatten ja nicht nötig, sich in acht zu nehmen. Vielleicht haben sie Zigarettenkippen ins Stroh geworfen. Übrigens treiben sie in der ganzen Gegend die Kühe zusammen.“

„Waren sie auch bei uns oben?“ fragte Tante Else hastig.

„Ja“, antwortete Onkel Karl traurig. „Meine Taschenuhr haben sie mitgenommen, und die Wanduhr aus der Stube. Und deinen Wecker –“

Tante Else wurde ganz steif vor Empörung.

„Das schlimmste aber ist“, sagte Onkel Karl und senkte den Kopf, „daß sie uns die Emma und die Liese weggetrieben haben –“

„Die Liese!“ schrie Tante Else auf. „Das war unsere beste!“

Onkel Karl wischte sich mit dem Taschentuch über die Augen und sagte: „Sie haben im Dorf eine ganze Herde zusammengetrieben, dann haben sie sie fortgeführt, nach Osten. Ich habe nur hinten herum er-

fahren, was im Dorf los ist. Niemand traut sich aus den Häusern. Es ist besser, ihr bleibt noch hier oben."
Aber zwei Tage später holte er Tante Else und die Adameks doch schon heim, denn die Russen hatten das Dorf wieder verlassen.
„Man sieht kaum mehr einen Russen", sagte er. „Ab und zu kommen noch welche durch das Dorf, aber sie steigen nicht ab. In den größeren Orten soll es einen Kommandanten geben. Es wird wohl jetzt alles wieder zu einer Ordnung kommen, wenn auch zu einer anderen als vorher."
Werner umarmte Achim und rief: „Jetzt dauert es nicht mehr lange, bis wir weiterwandern können!"
Tante Else sah Werner erschrocken an, dann sagte sie hastig: „Achim ist noch längst nicht ganz gesund. So mager, wie er jetzt ist, würde er so einen Fußmarsch nie durchhalten."
„Du hast doch selber gesagt, Tante Else, daß er schon wieder zugenommen hat", sagte Werner verwundert.
„Aber er ist jedenfalls noch schwach auf den Beinen", sagte Tante Else lauter und heftiger als sie sonst sprach. Und Onkel Karl fügte hinzu: „An eine Reise ist jetzt gar nicht zu denken. Es verkehren weder Züge noch Busse, und die Straßen sind voll von Flüchtlingen und Heimkehrern in beiden Richtungen. Es gibt keine Polizei mehr. Es gibt vorläufig weder Gesetz noch Recht. Die Leute auf den Straßen bestehlen sich gegenseitig. Wer schwach ist und sich nicht wehren kann, der ist verloren. Und wo solltet ihr unterwegs etwas zu essen herbekommen? Es gibt

ja noch keine neuen Lebensmittelkarten, und wenn es sie gäbe, so würden sie nichts nutzen, denn die Läden sind leer. Wer noch etwas besitzt, versteckt es und gibt nichts heraus, damit er nicht selber verhungert. Niemand wird sich darum kümmern, ob zwei Kinder ihre Mutter finden oder nicht."

„Also gut", sagte Werner, „wir warten noch zwei oder drei Wochen, wegen Achim. Aber wir können inzwischen ja schon hinschreiben."

„Schreiben?" fragte Onkel Karl und schüttelte den Kopf. „Es geht keine Post. Es wird schon eine gute Zeit vergehen, bis der Postbetrieb wieder aufgebaut ist."

Wie Werner Adamek eine Entscheidung allein traf

Sie hatten es wirklich gut bei Tante Else und Onkel Karl – viel besser als sie es daheim gehabt hatten. Sie trugen neue Pullover aus alter Wolle und neue Hosen, die aus alten Hosen geschneidert waren. Sie bekamen genug zu essen, obwohl die Milch auf dem Hof knapp geworden war und der Mehlvorrat langsam zu Ende ging. Aber noch gab es genügend Eier und Sauerkraut und Kartoffeln, es ging den Adameks besser als den meisten Leuten in jenen schlimmen Tagen. Und Tante Else nahm sich auch immer Zeit für sie. Ihre Mutter hatte selten Zeit für sie gehabt. Sie hatte daheim in einer Waffenfabrik gearbeitet und war immer erst am späten Nachmittag heimgekommen.

Und nie hatte sie erlaubt, daß sich die Jungen Haustiere hielten. Hier aber, auf dem Hof, gab es eine Menge Tiere. Achim war überglücklich, als Tante Else ihm ein Kätzchen schenkte. Auch Werner sollte eines bekommen, aber er wehrte ab.

„Ich kann's ja doch nicht mitnehmen", sagte er traurig. „Wozu soll ich es dann erst liebhaben?"

Eines Abends, als Onkel Karl mit der Stallarbeit fertig war und gegessen hatte, fragte ihn Werner: „Hast du eine Landkarte, Onkel Karl? Ich möchte gern wissen, wie weit wir von daheim weg sind."

Onkel Karl kramte eine Landkarte heraus, die schon ziemlich zerfleddert war. Er breitete sie über dem Tisch aus und beugte sich mit Werner darüber.
„Hier", sagte er, „sind wir, und von dort kommt ihr her."
„Und wo ist Glauchau?" fragte Werner gespannt.
„Es muß in der Nähe von Chemnitz sein. Tante Leni hat viel von Chemnitz erzählt."
Onkel Karl suchte sehr bedächtig. Er brauchte eine ganze Weile, bis er Glauchau gefunden hatte: ein winziger schwarzer Punkt in einem Netz von Farben und Linien. Werner starrte entzückt darauf – dort wohnte Tante Leni, dort war vielleicht schon seine Mutter, und dort würde sicher bald der Vater eintreffen!
„Das ist viel zu weit weg", rief Tante Else, ohne in die Karte zu schauen, vom Herd herüber. „Viel zu weit weg, um zu Fuß hinzuwandern."
Onkel Karl antwortete nicht. Nachdenklich faltete er die Karte wieder zusammen und schob sie in eine Kommodenschublade. Werner merkte sich die Schublade gut.
Abends, vor dem Einschlafen, sagte Werner zu Achim, als sie allein waren: „Es könnte passieren, daß der Vati vor uns da ist –"
„Wo ist?" fragte Achim schläfrig zurück.
„Na in Glauchau, bei Mutti und Tante Leni!"
„Ich weiß gar nicht mehr, wie der Vati aussieht", sagte Achim und gähnte. „Ich vergeß ja schon fast, wie die Mutti aussieht. Wenn ich sie mir vorstellen will, kriege ich sie gar nicht mehr richtig hin."
„Achim!" rief Werner erschrocken.

Das Birkenlaub quoll grün aus den Zweigen, der ganze Wald grünte, die Wiesen rings um den Hof begannen zu blühen. Onkel Karls Bienen umsummten das Gehöft. Die Adameks konnten jetzt draußen spielen. Noch nie in ihrem Leben hatten sie es so schön gehabt: mit Wäldern und Wiesen und Tieren und einem Bach, der sich stauen ließ.
„Lauf barfuß", sagte Werner zu Achim, dem Onkel Karl irgendwo in einem Nachbardorf gegen ein großes Stück Speck alte Kinderschnürstiefel besorgt hatte. „Wir müssen die Schuhe für die Reise aufsparen."
Aber das erlaubte Tante Else nicht.
„Zum Barfußlaufen ist es noch zu kühl", sagte sie. „Und wer weiß, wann ihr diese Reise antretet. Bis dahin gibt es sicher wieder Schuhe."
Ein paar Tage später hörte Werner, wie Achim Tante Else Mama nannte. Er traute seinen Ohren kaum! Er zog ihn sofort in die Schlafkammer und fragte: „Was soll denn das bedeuten – Mama?"
„Sie hat gesagt, wenn ich will, kann ich sie Mama nennen", sagte Achim kleinlaut.
„Und du tust das?" rief Werner. „Du hast doch eine Mutter! Wozu brauchst du dann noch eine andere?"
„Wenn ich Mama sagen will, dann sage ich Mama, und du hast mir gar nichts zu befehlen", sagte Achim, verließ die Kammer und schlug die Tür hinter sich zu.
Werner setzte sich auf sein Bett und dachte nach.
„Bald wird die Hexe Jungen bekommen", sagte Tante Else an einem der nächsten Tage.
Achim geriet ganz außer sich, er rannte hinaus zu

dem Hund, der ihm schwanzwedelnd entgegensprang, und küßte ihm auf die Schnauze. Dann kam er wieder hereingefegt, hüpfte an Tante Else hoch und rief: „Kann ich eins haben?"
„Wenn du mir versprichst, es gut zu pflegen, darfst du dir eins aussuchen", sagte Tante Else. „Und du natürlich auch, Werner."
Achim tanzte in der Stube herum, aber Werner starrte ihn düster an und sagte: „Nein, Achim, das geht nicht. Du kannst es ja gar nicht pflegen. Wir müssen ja bald weg."
„Aber Werner", sagte Tante Else bekümmert, „laß ihm doch die Freude!"

Werner lief jedesmal, wenn Onkel Karl aus dem Ort heraufkam, zu ihm hinaus und fragte ihn aus: „Fahren schon Züge? Hast du Busse gesehen? Sind viele Flüchtlinge auf den Straßen? Hast du was über Glauchau gehört?"
Onkel Karl gab Auskunft, aber er konnte nicht viel Gutes berichten. Die Straßen waren voll von Vertriebenen aus Schlesien und dem Sudetenland und von Flüchtlingen, die vor Kriegsende in den Westen geflohen waren und jetzt wieder heimwärts zogen. Außerdem wanderten unzählige Soldaten heim zu ihren Familien.
„Es ist schon ein Elend, was man da auf den Straßen sieht", sagte Onkel Karl. „Da hab ich heute ein Kind gesehen – älter als zwölf Jahre war der Junge auf keinen Fall. Der hat eine ganz alte Frau in einem Wagen hinter sich hergezogen. Wahrscheinlich war es seine Großmutter oder seine Urgroßmutter."

„Und wo waren seine Eltern?“ fragte Werner gespannt.
„Wahrscheinlich hatte er keine mehr“, sagte Onkel Karl. „Am liebsten würde man sich an die Straße stellen und rufen: Kommt rauf zu uns und ruht euch aus! Aber da gäbe es kein Ende, und bald wären wir ebenso elend dran wie sie.“
Tante Else, mit zwei Eimern in der Hand, kam vorüber und sagte: „Am besten, man schaut sich das Elend gar nicht an. Man kann ja doch nicht helfen. Ich hab mich manchmal geärgert, daß wir so abseits wohnen, aber jetzt ist es ein Segen: Wir brauchen uns den ganzen Jammer nicht anzusehen und werden weder angebettelt noch bestohlen.“
Onkel Karl sah sie nachdenklich an und sagte: „Wohl ist mir nicht dabei. Stell dir vor, wir wären selber unter denen auf der Straße. Wir haben zufällig Glück gehabt.“
„Glück?“ rief Tante Else. „Nennst du das Glück? Unsere Kinder haben wir verloren! Ist das nicht genug?“
„Ja“, seufzte er, „das ist, weiß Gott, genug –“
Er schwieg und überlegte. Dann rief er Tante Else nach, die zum Stall hinüberging: „Übrigens haben sich in Stadlers Hof seit vorgestern an die zwanzig KZ-ler* einquartiert.“
Aber sie war schon verschwunden und hörte ihn nicht mehr.
„Die sind immer noch am besten dran“, sagte Onkel Karl zu Werner. „Niemand wagt ihnen was abzu-

* KZ = Konzentrationslager

schlagen, nach all dem, was sie durchgemacht haben."

„Was sind denn das für welche?" fragte Werner.

„Die mit den gestreiften Anzügen", sagte Onkel Karl. „Man kann sie schon von weitem erkennen. Sie ziehen diese Gefangenenkittel mit Absicht nicht aus."

„Ich glaube, die haben wir schon unterwegs gesehen", sagte Werner.

„Aber damals waren sie noch gefangen", erklärte Onkel Karl. „Jetzt sind sie frei: Juden und solche, die nicht alles mitmachen wollten, was Hitler befohlen hat. Jetzt haben sie natürlich eine furchtbare Wut auf uns."

„Auf wen?" fragte Werner erstaunt. „Auf Tante Else und dich?"

„Auf alle", antwortete Onkel Karl. „Auch auf Tante Else und mich. Weil wir uns gegen Hitler nicht gewehrt haben. Weil wir ihn unseren Führer haben sein lassen. Aber die meisten von uns haben eben erst zu spät gemerkt, wohin er uns führte, nämlich in den Krieg, und da war dann nichts mehr zu machen, wenn man nicht selber ins KZ kommen wollte. Dort sollen sehr viele umgebracht worden sein, weiß du? Sogar Kinder. Man hat ja nur Gemunkel gehört. Tante Else hat immer gesagt, sie glaubt das nicht. Aber jetzt nach dem Krieg kommt alles heraus. Es soll noch viel schlimmer gewesen sein. Kein Wunder, daß sie uns hassen."

„Das begreife ich nicht", sagte Werner. „In der Schule haben wir immer gelernt, daß Hitler für das deutsche Volk nur das Beste will."

„Wie könnt ihr Kinder es denn auch begreifen", seufzte Onkel Karl, „wenn wir Erwachsenen es nicht einmal richtig begreifen!"
Tante Else rief aus dem Stall herüber.
„Ich komm schon!" antwortete Onkel Karl.
„Hast du was von Glauchau gehört?" fragte Werner hastig.
„Ich habe mit einigen Leuten gesprochen, die aus dem Westen kommen", sagte Onkel Karl. „Sie erzählen, daß die großen Städte alle in Trümmern liegen. Dresden sei bloß noch ein Ruinenfeld, seit dem großen Bombenangriff im Februar, und mit Chemnitz soll es auch schlimm stehen..."

„Ich weiß nicht", sagte Tante Else in den ersten Junitagen zu Werner, „warum du mit solcher Sicherheit annimmst, daß eure Tante und eure Mutter noch leben. Du hast ja gehört, die Städte sind ausgebombt. Und eure Mutter war schwerverletzt. Wer weiß, ob sie nicht auf dem Transport oder in einem anderen Krankenhaus wieder in einen Luftangriff geraten ist? Was dann, wenn ihr nach Glauchau kämt, und es wäre niemand da, der euch erwartet? Dann verhungert ihr auf der Straße, oder ihr kommt, wenn ihr Glück habt, in Kinderheime."
„Sei still, das will ich nicht hören!" rief Achim schrill und hielt sich die Ohren zu.
Werner aber rannte in seine Kammer, warf sich auf sein Bett und weinte. Onkel Karl tappte mit seinen schweren Stiefeln zu ihm herein, setzte sich neben ihn auf die Bettkante, strich ihm übers Haar und sagte: „Sie wollte dir nicht weh tun. Sie hat euch eben so

gern. Sie würde glücklich sein, wenn ihr hier bei uns bliebet. Du weißt doch, wir hatten zwei Söhne. Sie waren im Alter auch vier Jahre auseinander, wie ihr. Sie sind beide gefallen. Und nun seid ihr uns da plötzlich ins Haus geschneit. Da hat sie langsam Hoffnung geschöpft, daß sie euch behalten kann. Und auch ich hab euch gern, glaub mir das. Ihr hättet es gut bei uns. Es sollte euch an nichts fehlen."
„Aber wir haben doch Eltern!" stammelte Werner fassungslos. „Die warten auf uns!"
„Das ist es ja", sagte Onkel Karl traurig. „Wenn man nur wüßte, ob sie noch leben. Wir haben nicht das Recht, euch euren Eltern wegzunehmen. Aber versprich mir, zu uns zurückzukommen, wenn sie tot sein sollten. Ja? Damit wenigstens wir wieder Kinder haben."

Werner schaute zu Onkel Karl auf, zu diesem guten, zerknitterten, nach Tabak riechenden Gesicht. Er mochte ihn wirklich gut leiden. Er nickte.

An diesem herrlichen Frühsommertag, am Nachmittag, während Achim mit Onkel Karl draußen auf den Feldern war, bekam Tante Else Besuch. Ihre Cousine, eine ältliche, magere Frau, war aus einem der Nachbardörfer heraufgekommen, um zu sehen, wie man hier oben die schwere Zeit überstanden hatte, und um Tante Else zu klagen, wie schlimm es ihnen unten im Dorf ergangen sei. Die Russen hätten auch ihnen Kühe weggetrieben und hätten sich für ein paar Tage in ihrem Hof einquartiert. Alle Zukker-, Fleisch- und Fettvorräte hätten sie verbraucht und nichts zurückgelassen als Kartoffeln, Sauerkraut und Rüben... Drei Dorfkinder seien umgekommen, weil sie mit einer Handgranate gespielt hätten. Ein deutscher Offizier habe sich am Tage des Waffenstillstands auf dem Dorffriedhof erschossen. Und ein Hof sei abgebrannt.

„Erinnerst du dich, Werner?“ rief Tante Else. „Als wir oben in der Hütte waren, haben wir doch den Rauch gesehen!“

Die Cousine betrachtete Werner erstaunt und fragte: „Wen habt ihr denn da?“

„Das ist Werner“, antwortete Tante Else. „Und sein jüngerer Bruder ist auch da. Achim heißt er. Der ist gerade mit Karl auf den Feldern. Die beiden sind uns zugelaufen.“

„Wollt ihr sie behalten?“ fragte die Cousine neugierig.

„Geh ein bißchen hinaus, Werner“, sagte Tante Else. „Es ist so schön draußen.“
Werner stand gehorsam auf und ging. Hinter ihm begannen die Frauen zu flüstern. Er schlenderte in den Stall und setzte sich gedankenverloren auf einen Melkschemel.
Tante Else will uns nicht gehen lassen, bis wir unsere Eltern vergessen haben, dachte er. Und den Achim hat sie schon so weit, daß er Mama sagt. Wenn wir nicht bald gehen, ist es zu spät.
Ihn überkam eine wilde Sehnsucht nach seiner Mutter. Sie war so weit weg. Er mußte alles allein entscheiden!
Er hielt die Tränen zurück und entschloß sich.

Wie die Adameks bei Nacht flüchteten

An diesem Nachmittag wurde er noch sehr geschäftig. Er nahm einen der Säcke, mit denen sie hergekommen waren, und ging mit ihm, während Tante Else die Cousine ein Stück hangabwärts begleitete, in die Speisekammer. Dort nahm er eine Räucherwurst, ein Stück Speck, ein Brot und ein Glas Honig und tat alles in den Sack. Er wagte nicht, noch mehr wegzunehmen. Schon das Brot zu stehlen war eine gefährliche Sache. Aber das Brot mußte er haben! Danach ging er in die Küche und suchte ein Küchenmesser aus der Schublade. Er kannte sie alle. Er hatte Tante Else oft Kartoffeln schälen helfen. Er nahm nicht ihr bestes. Den Sack versteckte er in seinem Nachtschränkchen.

Es war ein Tag voller Ereignisse, denn kurz vor dem Abendessen bekam die Hexe vier Junge. Achim japste vor Aufregung und wollte nicht einmal essen, obwohl er sonst meistens als erster am Tisch saß.

„Geh essen“, sagte Werner düster. „Die Hunde laufen dir nicht davon. Iß, so viel du kannst.“

„Nanu?“ sagte Tante Else und mußte lachen.

Werner wurde rot und senkte den Kopf über den Teller. Er versuchte, selber so viel wie möglich zu essen, aber er hatte keinen Appetit. Während Achim ununterbrochen von den Hunden plapperte, kaute er bedrückt.

Plötzlich sagte Tante Else zu Onkel Karl: „Wer hätte

das von Erna gedacht? Ich hab ihr ein Brot mitgegeben, und trotzdem hat sie sich heimlich noch ein zweites aus der Speisekammer stibitzt! Und ich glaube, auch eine Wurst ist verschwunden."
„Merkwürdig", sagte Onkel Karl nachdenklich, „was diese Zeit aus den Menschen macht."
Werner spürte, wie seine Ohren heiß wurden. Aber zum Glück achtete niemand auf seine Ohren. Er war oft schweigsam, deshalb fiel es nicht weiter auf, daß er an diesem Abend nicht viel sprach. Außerdem war Tante Else genug mit Achim beschäftigt, der durchaus noch aufbleiben und die jungen Hunde beobachten wollte. So fand Werner Gelegenheit, unbemerkt seinen und Achims Mantel und die Schuhe und einen zweiten Sack in die Schlafkammer zu bringen. Von den Kleidungsstücken, die Tante Else genäht hatte. wollte er nichts mitnehmen. So, wie sie damals auf dem Hof angekommen waren, wollten sie auch wieder weggehen. Freilich, Achims Schnürstiefel und der Proviant mußte mit, ohne die ging es nicht. Aber Tante Else und Onkel Karl sollten nicht mehr bestohlen werden, als nötig war.
Werner spähte auch nach den Socken aus, die ihnen damals der Soldat im Lazarett geschenkt hatte. Aber die fand er nirgends. Und die Landkarte, die er so dringend brauchte, war auch nicht mehr in der Kommodenschublade. Vielleicht hatte Tante Else sie versteckt.
Als sie dann endlich beide in ihren Betten lagen und Tante Else die Kammertür geschlossen hatte, flüsterte Werner Achim zu: „Heute nacht gehen wir."
„Wohin?" fragte Achim verwundert.

„Wohin?“ fragte Werner zurück. „Zur Tante Leni natürlich!“
„Warum denn in der Nacht?“ fragte Achim.
„Weil sie uns bei Tag nicht gehen lassen. Du hast es doch auch gemerkt. Sie erfinden immer wieder Ausreden. Deshalb müssen wir heimlich verschwinden.“
Achim fuhr hoch: „Heute nacht? Aber das geht doch nicht! Jetzt sind doch die Hunde gerade geboren! Und ich darf mir einen aussuchen!“
„Du kannst ihn sowieso nicht mitnehmen“, antwortete Werner. „Also ist es egal.“.
Achim fing an zu weinen.
„Heul doch leise!“ flüsterte Werner ärgerlich. „Die können dich ja hören!“
„Ich geh nicht“, schluchzte Achim. „Ich hab mich so auf einen Hund gefreut. Und überhaupt – ich will nicht wieder so viel laufen, immerzu nur wandern, von morgens bis abends, und hungern und frieren –“
„Es ist ja jetzt Sommer“, flüsterte Werner. „Und ich hab auch eine Menge Essen vorbereitet.“
„Aber hier ist es so schön!“ jammerte Achim.
„Wenn wir wieder mit Mutti und Vati zusammen sind, wird es noch schöner werden“, sagte Werner. „Das verspreche ich dir.“
„Nein‘, sagte Achim und zog die Nase hoch. „Ich bleibe hier.“
„Dann geh ich allein“, sagte Werner. „Und du wirst allein hierbleiben. Ich werde der Mutti sagen, daß du nicht mehr ihr Kind sein willst.“
Nein, das wollte Achim auch nicht. Ohne Werner hierbleiben – nein. Werner war ihm immer noch der Liebste und Nächste von allen.

„Aber du mußt mir versprechen“, sagte Achim, „daß wir hierher zurückkommen, wenn wir die Mutti nicht finden.“
Das versprach ihm Werner.
„Dann kriegst du einen Hund aus dem nächsten Wurf“, sagte er.
„Jetzt gleich müssen wir fort?“ fragte Achim kläglich. „Es ist ja so finster draußen. Wir werden immerzu stolpern.“
„Es hilft nichts“, anwortete Werner. „Morgen früh müssen wir schon so weit fort sein, daß sie uns nicht mehr einholen können.“
„Aber laß mich wenigstens Tante Else noch Auf Wiedersehen sagen“, schluchzte Achim. „Sonst ist sie so traurig.“
Da schlüpfte Werner zu Achim ins Bett und umarmte ihn.
„Es tut mir doch auch so leid, daß sie traurig sein wird“, flüsterte er. „Aber die Mutti wird auch traurig sein, viel trauriger noch als Tante Else, wenn wir nicht kommen. Wir sind doch ihre echten Kinder. Sie wird jeden Tag auf uns warten!“
Da wurde Achim still und dachte nach, und dann sagte er: „Ich könnte noch vorher in den Schuppen schleichen und einen Hund mitnehmen.“
„Dann müßtest du auch die Hexe mitnehmen“, sagte Werner. „Oder willst du den Kleinen säugen?“
Achim mußte lachen. Er wischte sich die Tränen aus den Augen und sagte zaghaft: „Und wenn wir die Reise noch für ein paar Wochen verschieben, bis der Hund keine Milch mehr braucht?“
„Willst du die Mutti so lange warten lassen, nur we-

gen einem Hund?" fragte Werner. „Und womit sollten wir so einen Hund unterwegs füttern? Du weißt doch, wie schwierig es war, für uns selber etwas zu essen zu finden."

Tante Else öffnete die Tür und steckte ihren Kopf herein.

„Ihr flüstert ja immer noch", sagte sie. „Es ist schon spät. Schlaft jetzt."

Dann machte sie die Tür wieder zu. Werner schlüpfte in sein Bett zurück.

„Tante Else schimpft nie", flüsterte Achim. „Die Mutti hat so oft geschimpft."

„Das kam, weil sie nervös war", sagte Werner leise. „Wegen dem Krieg und so. Wenn wir zu ihr kommen, wird sie nicht mehr nervös sein."

Achim gab keine Antwort. Nach einer Weile rief Werner seinen Namen. Aber Achim hörte ihn nicht mehr. Er war von all der Aufregung eingeschlafen. Werner versuchte sich gewaltsam wachzuhalten, bis auch Tante Else und Onkel Karl eingeschlafen waren. Aber er fiel in einen unruhigen Schlaf. Er fuhr hoch, als die Uhr unten im Dorf zwölfmal schlug. Es gelang ihm, Achim so zu wecken, daß es keinen Lärm gab. Achim war kaum wach zu bekommen, immer wieder wollte er sich im Bett zusammenrollen. Werner mußte ihn anziehen wie ein kleines Kind und ihm die Schuhbänder binden. Er vergaß auch nicht, beide Betten säuberlich auszulegen, wie es Tante Else ihm beigebracht hatte. Dann kletterten sie leise zum Fenster hinaus, stolperten durch die Obstwiese auf den Feldweg und von dort an den Waldrand.

Werner führte Achim an der Hand und trug beide Säcke. Achim schnaufte und zog die Nase hoch. Werner sagte zärtlich zu ihm: „Das ist fein, daß du mitgegangen bist. Ich werde der Mutti sagen, daß sie dir einen Hund schenken soll."

Er hatte sich alles genau überlegt. Er wanderte nicht ins Dorf hinunter, das westlich vom Hof lag, obwohl das der nächste Weg gewesen wäre. Aber auf dem nächsten Weg nach Westen würde ihn Onkel Karl zuerst suchen. Deshalb schlug er einen Bogen und ging ein Stück ostwärts zurück, auf dem Weg, den sie damals gekommen waren. Dann machte er, immer am Waldrand, einen großen Bogen und schwenkte erst hinter dem übernächsten Dorf in die westliche Richtung ein.

In der Morgendämmerung waren die Adameks noch bedrückt vom Abschied und vom schlechten Gewissen, aber mit dem fortschreitenden Tag löste sich der Kummer. Ja, es wurde ein herrlicher Tag: ein kühler Morgen, ein strahlender Mittag – der Wald duftete nach frischem Laub und schimmerte hellgrün und war voller Gesumm und Gezwitscher. Die Wiesen schäumten über vor Blumen. Bei jedem Schritt hüpften Heuschrecken auf.

Jetzt war das Wandern keine Qual, sondern ein Vergnügen! Sie hätten sogar barfuß wandern können. In den Mänteln wurde ihnen heiß. Sie zogen sie aus und steckten sie in die Säcke. Sie hatte Proviant bei sich, sie froren nicht, der Krieg war zu Ende, es ging ihnen so gut!

Wenn nur Tante Else und Onkel Karl nicht gewesen wären. Für sie war dieser Tag sicher schrecklich.

Achim und Werner sprachen an diesem Morgen nicht von ihnen, aber sie dachten oft an sie. Manchmal schaute sich Werner um, in Sorge, Onkel Karl sei ihnen doch auf der Spur.

Am Abend zogen sie wieder ihre Mäntel an und schliefen in einem leeren Futterhäuschen für das Wild. Sie froren sehr in dieser Nacht, obwohl sie sich aneinanderschmiegten. Sie leerten die Säcke aus und krochen hinein. Trotzdem wurde ihnen nicht warm. Sie dachten sehnsüchtig an Tante Elses Kachelofen, an dem man sich, wenn man fror, den Rücken wärmen konnte.

Am nächsten Tag hatte Achim einen starken Schnupfen. Werner hustete.

„Die Sonne wird uns das schon wieder herausschwitzen", meinte Werner.

Während der Nacht hatten sich die Ameisen über die Räucherwurst, die Speckseite und das Brot hergemacht. Die Adameks hatten eine Weile zu tun, bis sie ihren Proviant gesäubert hatten.

„Davon eß ich nichts mehr", sagte Achim voller Ekel.

Aber gegen Mittag bekam er einen solchen Hunger, daß er doch davon aß. Er schielte argwöhnisch zu Werner hin, aber der lachte nicht.

Jetzt gab es keinen Kanonendonner mehr. Werner konnte sich nur noch nach der Sonne richten. Sie ließ ihn nicht im Stich, sie schien unentwegt, es war ein Juni, wie man ihn sich nur wünschen konnte.

Wie die Adameks in einem leeren Haus übernachteten

Gegen Abend des zweiten Tages sahen sie in einem einsamen Tal einen See liegen. Er war nicht viel größer als ein Teich und fast rundherum von Wald umstanden. Am Ufer, eingerahmt von einer Hecke, stand auch ein Haus, aber es waren weder Menschen noch Tiere zu sehen. Nur ein paar Enten paddelten auf dem See, und neben dem Landungssteg lag ein Kahn halb am Ufer.

„Da gehen wir hin!“ rief Achim begeistert. „Da können wir im Wasser herumwaten und im Schlamm spielen!“

Sie bahnten sich einen Weg durch verwilderte Schonungen und Waldwiesen hinab. Am Seeufer standen mächtige alte Bäume. Die Adameks suchten sich eine sonnige Stelle und zogen sich die Schuhe aus.

„Hier wird uns Onkel Karl bestimmt nicht suchen, und sonst auch niemand“, sagte Werner.

Sie wateten in den See hinaus, so weit er flach war. Als die Hosenbeine naß wurden, kehrten sie ans Ufer zurück und zogen sich ganz aus. Es war ein warmer Spätnachmittag, sie froren nicht. Sie hängten die Hosen zum Trocknen über einen Ast. Sie bauten Dämme aus Schlamm und fingen Kaulquappen. Sie vergaßen Onkel Karl und Tante Else und ihre Mut-

ter und den ganzen langen Weg, den sie noch vor sich hatten. Erst als die Sonne in den Wald sank und es kühl wurde, zogen sie sich ihre noch feuchten Hosen an und schlüpften in die Schuhe.
Es fing an zu dämmern. Der Himmel bewölkte sich. Sie strichen an dem stillen Haus vorüber in der Hoffnung, ein besseres Quartier zu finden als in der vergangenen Nacht. Die Gartentür stand offen, auch die Haustür, über der ein Hirschgeweih hing. Ein zerbrochener Teller lag mitten vor dem Eingang. Oben aus dem Giebelfenster bauschte sich ein Federbett.
Die Adameks lauschten. Nichts rührte sich.
„Es sieht aus, als ob niemand daheim ist“, flüsterte Achim.
„Dann hätten sie die Tür abgeschlossen“, sagte Werner. „Ich glaube, das Haus steht leer.“
„Wenn es leer steht“, sagte Achim hoffnungsvoll, „könnten wir doch darin schlafen“.
Sie warfen ihre Säcke über die Schultern und schlichen sich durch den Garten an das Haus heran. Werner nahm Achim bei der Hand. Kein Hund bellte, keine Hühner gackerten. Auf den Tellerscherben lag Vogelmist. Sie spähten in den dunklen Hausflur. Auf den Schachbrettfliesen lag ein toter Hund. Es war nicht viel mehr von ihm übrig als das Gerippe und das Fell. Es schien ein weißer Spitz gewesen zu sein. Er stank nicht mehr, er war wohl schon viele Tage tot. Neben ihm lagen Spiegelscherben. Der Rahmen des Spiegels hing schief an der Wand.
„Hier wohnt schon lange niemand mehr“, flüsterte Werner beklommen.

Sie tappten im Halbdunkel weiter und warfen einen Blick in die Küche. Jemand hatte hier sämtliches Geschirr aus den Schränken gerissen und auf den Boden geworfen. Da lagen Töpfe und Pfannen zwischen Scherbenhaufen. Eine Gardine war herabgerissen und deckte ein Kuchenblech halb zu. Die Schubladen des Küchenschranks hatte jemand auf dem Fußboden zerschmettert. Die Speisekammer stand weit auf. Auch da lag ein Scherbenberg auf dem Boden. Am anderen Ende der großen Diele, die mit Hirschgeweihen verziert war, entdeckten die Adameks das Wohnzimmer. Als sie scheu eintraten, flatterte ein Vogel durch das offene Fenster verstört hinaus in den Garten. Die Bezüge des Sofas waren aufgeschlitzt, die Füllung quoll heraus. Darin hatte sich wohl der Vogel eingenistet. Auch hier waren die Schranktüren aufgerissen, Bücher, Fotos und Briefe herumgestreut. Unter dem Kronleuchter lagen Scherben, und an einem seiner Arme hing, wie ein Gespenst, ein hellblaues Kinderkleid mit weißer Spitze.

„Komm raus“, flüsterte Achim und zog Werner am Ärmel. „Komm weg von hier!“

„Laß uns die Treppe hinaufgehen“, flüsterte Werner. „Oben müssen die Schlafzimmer sein. Oben sieht es vielleicht nicht so schlimm aus.“

„Und das Federbett?“ fragte Achim voller Grauen. „Hast du von draußen nicht das Federbett gesehen? Ich gehe nicht hinauf. Wer weiß, was wir dort oben zu sehen bekommen. Komm, wir wollen im Wald schlafen. Dort ist es nicht so still wie hier. Gib zu, daß du auch Angst hast!“

Werner lauschte hinaus in den halbdunklen Garten, dann flüsterte er: „Hörst du's?"
„Was?" fragte Achim erschrocken.
„Es regnet. Wir können jetzt nicht mehr weg. In der Dunkelheit finden wir keinen Platz mehr, wo wir vor dem Regen sicher sind."
Sie kauerten sich nebeneinander auf das Sofa. Achim gab keine Ruhe, bis Werner dieses gespenstische Kleid vom Kronleuchter herabgezerrt hatte.
„Und mach die Haustür zu", schnaufte er.
„Unsinn", sagte Werner. „Ob sie auf ist oder zu, bleibt egal."
Aber er schloß sie doch und kauerte sich wieder neben Achim. Er legte seinen Arm um ihn und spürte, daß er zitterte.
„Frierst du?" fragte er.
„Ja", hauchte Achim. „Hier ist alles so zum Frieren."
Werner schleifte einen Fellteppich zum Sofa und breitete ihn über Achim. Dann schlüpfte er auch mit darunter.
„Wenn du was hörst", flüsterte Achim, „dann weck mich sofort."
Nach einer Weile fragte er, schon halb im Schlaf: „Glaubst du, daß es bei uns daheim auch so aussieht?"
„Aber nein", antwortete Werner und drückte Achim an sich. „Die Mutti hat doch die Tür abgesperrt, als wir fortgegangen sind. Weißt du das nicht mehr?"
Achim schlief beruhigt ein, aber Werner lag wach. Er dachte an daheim. Er vertraute der verschlossenen Tür nicht. Die Mutti war immer so ordentlich gewe-

sen. Jetzt lag dort wohl alles so zerschlagen, zerstochen, verstreut in der Wohnung herum wie hier in diesem Haus.
Er hatte Angst, er lauschte. Er dachte an Tante Else und Onkel Karl. Er dachte an die Schlafkammer auf Onkel Karls Hof, die so gut nach Holz und Honig gerochen hatte. Dort hatte er nie Angst gehabt. Draußen hatte der Hund gewacht, und drinnen Tante Else und Onkel Karl. Oh, dieser wunderbare Geruch nach Holz und Honig, wenn er doch auch hier wäre!
Jetzt, da Achim fest schlief, erlaubte er sich zu weinen. Erschöpft schlief er schließlich ein und träumte Schreckliches. Einige Male stöhnte er wild auf, so daß sich Achim unruhig zu regen begann. Aber dann glitt er endlich in einen herrlichen Traum hinein: Er und Achim lagen zwischen Vater und Mutter, in einem Bett, das wie ein großes Nest geformt war, und es roch ganz stark nach Holz und Honig.
Gegen Morgen wurde es so kühl, daß die Adameks davon erwachten. Nebel lag vor den Fenstern, feuchte Kälte drang herein. Aber wie der Garten duftete! Wie üppig er blühte! Die Kletterrosen hingen über das Fensterbrett herein, vor dem anderen Fenster schwankten aufgeschossene Gräser. Gesätes, Gepflanztes und Unkraut wucherte wild durcheinander. Niemand war da, der Ordnung im Garten hielt, niemand, der sich an den Blumen freute.
„Schau“, sagte Achim und zeigte auf die Fensterbank. Dort lag, verblaßt durch die Sonne und zerweicht vom Regen, ein aus glänzendem Garn gehäkelter Hampelmann.

Die Adameks empfanden jetzt, an diesem kühlen Morgen, nicht mehr solche Angst vor dem leeren Haus. Sie durchsuchten die Speisekammer nach Eßbarem.
„Für alle Fälle", sagte Werner. „Auch wenn wir jetzt noch was zu essen haben – aber es wird ja nicht für ewig reichen."
Aber sie fanden nichts mehr. Vor ihnen hatten wohl andere Hungrige das Haus durchstöbert.
„Komm", sagte Werner und griff nach seinem Sack. „Wir gehen zum See hinunter. Dort können wir uns waschen, und danach essen wir was." Achim rannte noch einmal ins Wohnzimmer zurück und griff nach dem Hampelmann.
„Den nehme ich mit", sagte er.
„Laß ihn liegen", sagte Werner. „Wenn die Leute zurückkommen, wollen sie ihn wiederfinden."
Achim wollte aufmucken, aber dann schnaufte er nur und legte den Hampelmann wieder hin, aber nicht auf das Fensterbrett, wo ihn der Regen erreichen konnte, sondern auf das Sofa. Dort war er in Sicherheit, der Arme, und hatte es weich.
Sie verließen das Haus und gingen durch die Gartentür hinaus, hinunter zum See. Werner drehte sich noch einmal um. Ein schönes Haus und so leer! Auf dem Federbett saß eine Taube.
„Verstehst du, warum die nicht heimkommen, die hier gewohnt haben?" fragte Achim später am Ufer, während er ein Stück Wurst abbiß.
„Wir sind ja auch noch nicht wieder daheim", antwortete Werner. Achim überlegte lange, dann sagte er: „Dieses Haus ist das schönste, das ich je gesehen

hab. So groß, und mitten in einem Garten, und der Garten mitten in einem Wald. Und gleich dabei ein See! Wenn die nicht mehr zurückkämen, denen das Haus gehört, könnten doch wir hier einziehen –"
Werner war damit beschäftigt, Wasser zum Trinken aus dem See zu schöpfen, ohne Schlamm aufzuwirbeln. Das war gar nicht so einfach.
„Wir würden uns in dem Haus schon wieder Ordnung machen!" rief Achim begeistert. „Wir müßten uns nur beeilen, daß es uns niemand vor der Nase wegschnappt!"
Er schaute sehnsüchtig hinüber.
„Ja", sagte Werner, „jetzt hast du endlich mal einen Grund, dich zu beeilen, du ewiger Trödler."
Achim war sich nicht sicher, ob Werner seinen Vorschlag überhaupt ernst nahm, aber er wagte nicht zu fragen, weil Werner morgens meistens schlechte Laune hatte. Jedenfalls beeilte er sich, und mit nassen Gesichtern und struppigem Haar – denn sie hatten weder Handtücher noch Kämme – wanderten sie weiter durch den Wald. Beide waren schweigsam und tief in Gedanken versunken.

Wie den Adameks auf der Landstraße Hören und Sehen verging

Gegen Mittag gerieten sie auf eine breite Landstraße zwischen zwei Baumreihen. Werner blinzelte zur Sonne hinauf und sagte: „Ich glaube, die können wir nehmen. Sie geht etwas zu zweit nach Norden, aber dort hinten macht sie einen Bogen.“

Achim war es egal, wie die Sonne stand. Er stolperte hinter Werner her und wandte den Kopf bald vor, bald zurück. Er bestaunte, was es auf dieser Straße alles zu sehen gab. Eine alte Frau kam ihnen auf der gegenüberliegenden Straßenseite entgegen. Sie schob einen Schubkarren vor sich her, der hoch mit Klaubholz beladen war. Vorn, zwischen den Holmen, saß ein kleines Kind, das sich an das Holz klammerte. Als sie ein Stück vorüber war, bog sie in einen Weg ein, der zu einem Dorf führte.

Von hinten kamen drei Pferdewagen herangerollt, kutschiert von Männern in graubraunen Uniformen. Einer von ihnen sang. Er hatte struppiges blondes Haar und ein merkwürdiges Käppi darauf. Er sang weithin schallend ein Lied, das Achim noch nie gehört hatte und dessen Worte er nicht verstand.

„Du“, flüsterte Werner, „ich glaube, das sind Russen.“

„Russen?“ flüsterte Achim erschrocken zurück. „Aber die schießen ja gar nicht! Die singen ja!“
„Der Krieg ist doch aus“, sagte Werner. „Sie haben den Krieg gewonnen, da brauchen sie nicht mehr zu schießen. Deshalb singen sie.“
„Die sehen eigentlich genauso aus wie unserer Soldaten“, sagte Achim. „Wenn die nicht so eine andere Uniform hätten, würde man's gar nicht merken.“
Die Pferdewagen verschwanden in einer Staubwolke. Aus ihr tauchte ein Lastwagen auf, voll beladen mit russischen Soldaten. Erschrocken sprangen die Adameks zur Seite. Der Staub legte sich wieder. Eine Weile waren sie allein, so weit sie die Straße überschauen konnten.
„Ich hab Hunger“, sagte Achim.
„Siehst du die Kurve dort hinten?“ fragte Werner. „Dort essen wir.“
Ein Mann kam ihnen entgegen. Er hatte den Kopf verbunden und hinkte. Seine Nase war halb weg. Man konnte ihm tief in die Nasenlöcher hineinsehen. Werner schaute schnell woanders hin, denn dem Mann war es gewiß nicht recht, wenn man ihn so anstarrte. Er stieß Achim seinen Ellbogen in die Seite, weil der stehengeblieben war und ungeniert gaffte.
Der Mann hielt an, schaute zu den Adameks herunter und fragte: „Seid ihr allein unterwegs?“
Werner nickte.
„Und wo wollt ihr hin?“ fragte er weiter.
Die Adameks merkten jetzt auch, daß ihm vorn ein paar Zähne fehlten. Man konnte nur schlecht verstehen, was er sagte. Es zischte so.

„Nach Glauchau", antwortete Werner.
„Kenne ich", sagte der Mann. „Ich kam früher öfter nach Glauchau."
„Kennen Sie die Kantstraße?" fragte Werner gespannt.
Der Mann dachte nach, dann schüttelte er den Kopf.
„Aber vielleicht kennst du die Tante Leni!" rief Achim.
Der Mann schnitt eine merkwürdige Grimasse. Sie sah schrecklich aus. Aber sie sollte wohl ein Lächeln bedeuten.
„Nein", zischte er, „leider nicht. Da habt ihr noch einen weiten Weg vor euch."
„Führt diese Straße hier nach Glauchau?" fragte Werner.
„Nicht direkt. Aber die Richtung stimmt. Ihr müßt auf die Wegweiser achten, und wenn ihr die russischen Buchstaben nicht entziffern könnt, tut ihr gut daran, öfter mal nach dem Weg zu fragen. Also, laßt euch nicht unterkriegen!"
Schade, daß er in die entgegengesetzte Richtung geht, dachte Werner. Es wäre so gut, sich an jemand halten zu können, der sich in allem auskennt.
Eine Frau mit fünf Kindern und einem Handwagen holte sie ein. Die zwei Ältesten zogen den hochbepackten Wagen, die Mutter schob, das kleinste Kind thronte oben auf dem Gepäck, die beiden Mittleren trotteten hinterher. Sie schauten sich kaum nach den Adameks um, aber die Frau hielt plötzlich mit einem Ruck den Wagen an und sagte zu Werner: „Seid ihr nicht die beiden Jungen, die in einem der Dörfer dort gesucht werden?"

Werner erstarrte vor Schreck und bekam kein Wort heraus. Achim packte Werner am Ärmel und rief schrill: „Nein, das sind wir nicht! Onkel Karl sucht andere Kinder!“
„Na, mir soll’s egal sein“, sagte die Frau und putzte dem Jüngsten auf dem Gepäck die Nase. „Ich hab mit meinen eigenen genug zu tun. Aber er hat mir leid getan. Er stand an der Straße und hat alle nach euch gefragt. Alle, die vorüberkamen, von beiden Seiten. Er scheint sehr an euch zu hängen.“
Achim fing an zu weinen.
„Ich will zurück zu ihm!“ schluchzte er. „Und zurück zu Tante Else! Dort war’s so schön!“
„Wenn ich an eurer Stelle wäre“, sagte die Frau, „dann würde ich so schnell wie möglich von der Straße verschwinden, zu eurem Onkel oder sonstwohin. So allein auf der Straße geht ihr kaputt.“
„Wir gehen ja heim“, antwortete Werner finster. „Zu unserer Mutter.“
„Wenn das so ist, dann ist ja alles in Ordnung“, sagte die Frau, fuhr Achim, dem Tränen über die Backen kullerten und die Nase lief, mit ihrem schmutzigen Taschentuch zärtlich übers Gesicht und schnalzte ihren beiden Ältesten zu, als seien sie Pferde.
Werner sah ihnen verstört nach. Es war alles noch einmal gut ausgegangen. Aber was, wenn jemand Onkel Karl berichtete, daß er die Adameks gesehen habe? Was, wenn Onkel Karl ihnen nachkam und sie einholte? Achim würde nicht standhaft bleiben! Achim würde glücklich sein, zu Tante Else zurückkehren zu können!

Er überlegte, ob es nicht besser sei, wieder auf die Feld- und Waldwege auszuweichen. Aber auf der Straße kamen sie viel schneller vorwärts, die Straße zerschnitt die Landschaft fast schnurgerade!
Achim wurde immer langsamer. Seine Trödelei brachte Werner in Wut. „So erreichen wir nie die Kurve!“ rief er. „Alle überholen uns!“
Eine ganze Kolonne von Lastwagen fuhr vorüber und wirbelte ununterbrochen Staub auf. Achim bekam Staub ins Auge, wimmerte und konnte nichts mehr sehen. Werner zog ihn hinter sich her. Er selber konnte auch nur noch blinzeln. Der Staub kam lange nicht zur Ruhe. Werner erkannte undeutlich, als er sich einmal umschaute, ein paar Gestalten, vier, fünf, sechs Jungengesichter, die aus den Staubwolken auftauchten, mit wachsamen und hungrigen Blicken, denen nichts entging: Sechs Jungen im Alter von Werner und Achim, in Kleidern, die ihnen nicht paßten, und mit einem Gepäck, das nicht der Rede wert war. Einer trug ein Paar Stiefel, die viel zu groß für ihn waren, an den Schnürsenkeln zusammengeknüpft über der Schulter. Ein anderer hatte eine zusammengerollte Decke unter dem Arm. Zwei trugen auch Säcke, aber es war nicht viel darin.
„Holla“, sagte einer der Größten zu Achim, „seid ihr allein?“
Achim nickte.
„Habt ihr was zu essen bei euch?“
Achim nickte wieder. Werner blieb stehen, und die Jungen umringten die Adameks.
„Laßt sehn“, sagte der fremde Junge. „Ich wette, ihr gebt nur an.“

Werner und Achim öffneten ihre Säcke und ließen ihn hineinschauen. „Donnerwetter!“ rief der Große. „Kaum zu glauben! Habt ihr schon gegessen? Noch nicht? Das trifft sich großartig. Wir nämlich auch noch nicht. Ich schlage vor, wir bleiben zusammen, ihr und wir. Ihr wollt doch auch nach dem Westen?“ Die Adameks nickten verwirrt.

„Dann sind wir also von jetzt an Freunde“, sagte der Große. „Ich habe das Kommando. Ihr könnt ruhig alles das tun, was ich sage. Guckt euch meine Leute an, es ist noch niemand von ihnen verhungert. Daß der Fred unterwegs gestorben ist, lag nicht an mir. Der hat Fieber gekriegt und einen dicken Hals, und dann ist er irgendwie erstickt. Also setzen wir uns. Dort hinter den Büschen staubt es nicht so.“

Noch ehe die Adameks wußten, wie ihnen geschah, saßen sie zwischen den anderen Jungen mitten in hohen Margeritenstauden auf einem Feldrain. Der Anführer nahm Werner den Sack aus der Hand und griff tief hinein. Ein wildes Geheul brach aus, als die Wurst zum Vorschein kam. Der Große zog ein schartiges Messer aus seinem Gürtel und zerteilte sie in acht Scheiben: sechs dicke und zwei dünne. Die dünnen reichte er Werner und Achim.

„Mit so viel Proviant im Sack seid ihr ja bestimmt nicht hungrig“, sagte er. „Wir aber müssen von Tag zu Tag sehen, wie wir überleben.“

Er verteilte auch das restliche Brot und den Speck der Adameks. Seine Jungen fielen darüber her und fraßen wie Tiere. Sie rissen mit den Zähnen Riesenstücke aus den Brotscheiben und kauten und schlangen hastig.

„Du siehst", mampfte der Anführer zu Werner hin, „ich sorge gut für meine Leute."
Werner starrte fassungslos auf seinen Sack. Er kam gar nicht auf den Gedanken, seine Wurstscheibe aufzuessen.
„Iß", ermahnte ihn der Anführer, „oder bist du noch vom letztenmal satt? Wenn ja, gib deinen Teil den anderen. Es soll nichts umkommen. Du bist doch nicht etwa beleidigt?"
„Jetzt haben wir nichts mehr für morgen", stammelte Werner. „Was sollen wir morgen essen?"
„Du hast Sorgen!" seufzte der Anführer und schraubte das Honigglas von Tante Else und Onkel Karl auf. „Habe ich euch nicht gesagt, ihr könnt alles mir überlassen? Wir essen zwar nicht jeden Tag so gut wie heute, aber etwas findet sich immer. Wir durchsuchen alle verlassenen Häuser, alle Gärten, wir betteln vor jeder Tür. Na, ihr Beiden werdet es ja sehen."
Er reichte dem Jüngsten der Gruppe das Glas. Der fing sofort an, mit dem Zeigefinger Honig herauszuschlecken. Ein anderer wollte ihm das Glas entreißen, aber der Anführer stieß ihn zwischen die Rippen und brüllte: „Zwei Finger voll jeder, und dann weitergeben!"
Sie folgten ihm.
„Wir brauchen keine Erwachsenen", sagte er zu den Adameks. „Wir schlagen uns ganz allein durch. Kommt ihr auch aus einem Waisenheim? Wir ja. Wir sind aus Dortmund, aber unser ganzes Heim ist schon vor zwei Jahren ins Sudetenland verlegt worden, wegen den Bombenangriffen! Als der Krieg aus

war, kam einer zu uns rein, der nicht deutsch sprechen konnte, in einer fremden Uniform. Er hatte einen bei sich, der übersetzt hat. Er sagte, wir sollten uns alle sofort anziehen, unser Gepäck zusammenpacken und das Haus verlassen. Als unsere Leiterin fragte, wohin wir gehen sollten, sagte er, das sei ihm egal, nur zurück ins Heim dürften wir nicht mehr kommen. Die paar Fräulein, die noch da waren, kümmerten sich um die Kleinsten. Da sind wir eben allein losgezogen, immer in Richtung Dortmund. Wenn wir auch alle keine Mutter mehr haben und die meisten auch keine Väter, so gehören wir doch nach Dortmund. Sie werden sich wohl dort um uns kümmern, wenn wir ankommen."

„Wir wollen aber nicht nach Dortmund", sagte Werner. „Wir wollen nach Glauchau!"

„Hab ich schon mal gehört", sagte einer der Jungen.

„Kommt mal erst mit nach Dortmund", sagte der Anführer zu Werner mit vollem Mund. „Von dort könnt ihr dann ja nach Glauchau weiterlatschen. Es wird wohl nicht so weit wegliegen."

„Und wenn es doch weit weg liegt?" rief Werner zornig. „Was machen wir dann in eurem blöden Dortmund?"

„Warum versteifst du dich so auf Glauchau?" fragte der Anführer gelassen. „Wenn ihr genauso allein seid wie wir, ist es doch egal, ob ihr in Glauchau landet oder in Dortmund. Ihr gebt euch einfach als Dortmunder Waisenkinder aus, und fertig. Denen sind ihre Listen sowieso in dem Durcheinander verloren gegangen."

„Wir sind aber nicht allein!" schrie Werner, blaß vor

Wut. „Wir haben Eltern! Und zu denen wollen wir! Und jetzt habt ihr uns alles weggefressen!“
„Das hättest du uns ja auch vorher sagen können“, knurrte der Anführer, grinste schief und stand auf. „Wenn ihr noch eure Eltern habt, dann werden die schon dafür sorgen, daß ihr nicht verhungert. Für uns sorgt keiner. Also beschwert euch nicht. Kommt, Leute!“
Mit fettigen Gesichtern zogen sie kauend und schmatzend ab. Werner und Achim starrten ihnen nach. Achim hatte noch gar nicht richtig begriffen, was da eben geschehen war. Er war bestürzt, als er merkte, daß Werner weinte und seinen Proviantanteil einzupacken begann. „Gib deinen Teil auch her“, schluchzte Werner. „Wir können jetzt nicht essen. Was wir noch haben, müssen wir aufheben.“
„Aber ich hab ja schon alles aufgegessen!“ jammerte Achim und begann auch zu weinen. „Ich hab doch nicht gewußt, daß ich nichts essen soll!“
Werner fuhr hoch und schrie: „Du blödes Schaf! Konntest du nicht etwas überlegen, bevor du dich draufgestürzt und alles verschlungen hast?“
Aber es hatte ja keinen Zweck zu schimpfen. Schließlich war Achim noch ziemlich klein mit seinen sechs Jahren. Was konnte man da schon von ihm verlangen?
„Warum hast du sie denn auch nehmen lassen?“ rief Achim erbost. „Du hättest deinen Sack ja zuhalten können!“
„Du hast gut reden“, seufzte Werner mutlos. „Wir sind zwei gegen sechs gewesen. Woher soll ich jetzt Essen beschaffen?“

„Weißt du was?“ sagte Achim und legte den Arm um Werner. „Wir kehren einfach wieder um und gehen zu Tante Else und Onkel Karl zurück. Die werden nicht schimpfen, bestimmt nicht. Die sind froh, wenn wir wiederkommen.“
„Hör auf mit Tante Else und Onkel Karl!“ schrie Werner. „Wir gehören nicht zu Tante Else und Onkel Karl, sondern zu Vati und Mutti. Ich geh jedenfalls nach Glauchau, und zwar sofort!“
Er stand auf und ging, den schlappen Sack über der Schulter. Achim blieb eine Weile unschlüssig stehen und wandte den Kopf nach beiden Richtungen. Dann rannte er hinter Werner her. Der drehte sich heimlich um und spähte zurück. Als er Achim kommen sah, atmete er erleichtert auf.
Als nach diesem langen Tag die Sonne unterging, trotteten die Adameks müde durch ein großes Dorf.
„Seid ihr von der Landstraße?“ fragte eine Frau mit einem freundlichen Gesicht. „Sucht ihr ein Nachtquartier? Dann geht die Straße hinauf bis zur Kirche. Daneben ist das Pfarrhaus, ihr werdet es an der Trauerweide erkennen, die davorsteht. Klopft dort an. Der Pfarrsaal ist als Flüchtlingsquartier eingerichtet. Die Pfarrersfrau gibt auch einen Teller Suppe an alle aus.“
Werner überlegte. Vielleicht wußte der Pfarrer, daß zwei Jungen gesucht wurden, und kam auf den Gedanken, sie zu Onkel Karl und Tante Else zurückzubringen? Oder würde er sie in ein Kinderheim schikken?
Aber die Suppe war stärker. Die konnte man sich einfach nicht entgehen lassen!

„Wenn die uns ausfragen", sagte Werner zu Achim, „dann sagen wir, daß wir mit unserer Mutter unterwegs sind und daß sie etwas später nachkommen wird, vielleicht in einer halben Stunde oder so. Wir können ja vorausgelaufen sein. Inzwischen kriegen wir schon die Suppe. Kümmern sie sich nicht um uns, dann bleiben wir. Wenn es aber gefährlich wird, verschwinden wir."

Noch bevor sie an der Pfarrhaustür klopften, schaute eine Frau aus dem Fenster, zeigte auf die Tür eines Nebengebäudes und rief: „Geht nur dort hinein, es sind schon andere drin. Die Suppe gibt's in einer Viertelstunde."

Achim ging vorneweg. Er klopfte. Drinnen hörte er Stimmen. Er drückte die Klinke herab und ging hinein, Werner hinter ihm. Die Tür führte in den Saal, in dem sich schon eine ganze Schar von Landstraßenwanderern zusammengefunden hatten. Einige saßen an Holztischen, andere lagen im hinteren Teil des Saals auf aneinandergereihten Matratzen, wieder andere standen in Gruppen zusammen und unterhielten sich. Es waren fast nur Erwachsene. Die meisten hatten gestreifte Kleider an, und die Männer unter ihnen hatten geschorene Köpfe.

Als die Tür aufging, verstummten die Gespräche. Alle schauten auf die Adameks. Das machte Achim sehr verlegen. Er wollte höflich sein, so grüßte er mit dem Gruß, den er in der Schule gelernt hatte und den er so oft in den Straßen und den Geschäften gehört hatte: „Heil Hitler!"

Werner schubste Achim heftig in den Rücken. Da sprang auch schon ein Mann in gestreiftem Anzug

von einer der Matratzen auf, rannte auf Achim zu, packte ihn am Arm und schüttelte ihn.
„Was sagst du da?“ schrie er. „Weißt du, was du da sagst?“
Achim wurde vor Schreck kreideweiß und brach in ein jämmerliches Geheul aus. Er begriff nicht, was er falsch gemacht hatte. Er hatte doch besonders höflich sein wollen!
Auch eine Frau von denen, die rund um den Tisch saßen, schimpfte herüber: „Herausprügeln sollte man diesen Namen aus euch!“
Werner stellte sich vor Achim. Da kam aber auch schon eine Frau vom Tisch herüber. Auch sie trug gestreifte Kleider. Sie sagte laut zu den anderen: „Was weiß denn so ein Kind davon! Seid doch vernünftig. Ihr habt ihn ganz verschreckt.“
Sie wollte Achim übers Haar streicheln, aber er zuckte voller Angst zurück, drehte sich um und stürzte hinaus. Werner lief ihm nach. Erst am Dorfende blieb Achim stehen. Er keuchte atemlos und sah Werner unsicher an.
„Du bist ein schöner Dummkopf“, sagte Werner. „Ausgerechnet denen mit Heil Hitler zu kommen! Wo der doch schuld daran war, daß sie eingesperrt waren.“
„Versteh ich nicht“, sagte Achim kleinlaut.
„Und überhaupt: Mit Heil Hitler grüßt man jetzt nicht mehr“, sagte Werner.
„Woher soll ich das denn wissen?“ schnaufte Achim. „Mir sagt keiner was!“
„Damit du's weißt“, sagte Werner, „Hitler ist tot.“
„Von mir aus“, antwortete Achim. „Ich hab ihn ja

nicht gekannt. Ich hab immer nur von ihm erzählt gekriegt. Und jedenfalls war er sicher nicht so nett wie Onkel Karl."

„Nein", sagte Werner nachdenklich, „das war er nicht. Aber er hat uns in den Krieg geführt, er hat den Krieg gewollt, also ist er auch daran schuld, daß der Vati Soldat werden mußte. Er ist auch daran schuld, daß wir von daheim fort mußten und daß wir jetzt die Mutti nicht bei uns haben."

„Aber du hast doch selber immer mit Heil Hitler gegrüßt!" rief Achim.

„Da hab ich's ja auch noch nicht gewußt, das alles", sagte Werner.

„Wenn du mir's rechtzeitig erklärt hättest, dann hätte ich das vorhin nicht gesagt", rief Achim gereizt.

„Ach du", antwortete Werner. „Wie soll man dir sowas erklären!"

„Mach dich doch nicht so wichtig!" rief Achim. „Immer wenn du zu mir sagst, das verstehst du ja doch nicht, dann hast du's selber nicht verstanden. Aber eins begreif ich wirklich nicht: Die Tante Thea im Kindergarten hat uns doch immer erzählt, Adolf Hitler weiß alles und macht schon alles richtig. Der Tante Thea hab ich alles geglaubt. Und jetzt?"

Warum die Adameks zu stehlen begannen

Schlimme Tage kamen auf die Adameks zu. Am nächsten Morgen, nach einer Nacht in einem Heuschober, teilte Werner sein letztes bißchen Brot und Wurst mit Achim. Der fraß und stopfte so gierig wie die Jungen aus Dortmund am Tag zuvor. Danach war nichts mehr da. Wenn die Adameks Hunger hatten, mußten sie sich etwas beschaffen. Das mußten sie erst lernen. Sie waren zu ehrlich, um in die Höfe zu schleichen und zu stehlen. Sie waren nicht frech genug, um an alle Türen zu klopfen und zu betteln. Die Häuser in der Nähe der Straße, die leer standen, waren längst ausgeplündert. Wer aber noch in den Dörfern wohnte, hielt, was er besaß, sorgfältig versteckt, um nicht eines Tages auch hungern zu müssen. Die meisten Felder waren nicht bestellt worden. Es gab kaum Hoffnung auf eine Ernte. Nur an den Obstbäumen und den Beerensträuchern in den Gärten reiften die Früchte. Die Äpfel und Kirschen und Stachelbeeren kümmerten sich nicht um Krieg und Frieden. Und der Rhabarber quoll in allen Gärten, gepflegten und verwahrlosten, mit saftigen roten Stielen aus der Erde.

In ihrem Hunger rissen Werner und Achim Rhabarberstengel aus und zerkauten sie. Ein Mund voll saurem Saft war besser als gar nichts. Sie fanden Walderdbeeren an sonnigen Hängen. Auch die Gartenerdbeeren wurden jetzt reif. Aber wer vorüberkam, riß sie schon ab, wenn sie nur rosa Backen hatten. Bis Werner und Achim kamen, waren die Stauden längst geplündert.

„Gehört ihr auch zu dieser Bande, die uns die Eier aus den Nestern geklaut hat?" fragte eine Frau in einem Hoftor böse. „Dann schaut bloß, daß ihr weiterkommt, sonst lasse ich die Hunde los."

„Das waren bestimmt die Dortmunder", flüsterte Achim Werner zu, als sie weitertrotteten.

Manchmal hatten sie auch Glück, aber selten. Ein großartiger Augenblick war jener, als ihnen eine Frau einen Teller Suppe aus dem Fenster reichte. Nachdem sie ihn ausgelöffelt hatten, blieben sie den ganzen Nachmittag im Schatten dieses freundlichen Hauses hocken, drückten sich vor dem Weitermarsch und lauerten auf ein Abendessen. Aber das Fenster öffnete sich nicht mehr, und sie trabten, schon in der Abenddämmerung, bis an den Waldrand, wo sie in einem Schafstall übernachteten.

Am nächsten Tag liefen sie ein paar Stunden lang zwei Männern nach, die noch Uniformhosen und Soldatenstiefel trugen. Denn diese Männer hatten ihnen gekochte Kartoffeln aus ihren Rucksäcken geschenkt. „Weil ich auch zwei solche Jungen wie euch daheim habe", sagte der eine.

Aber mehr bekamen sie von ihnen auch nicht, und außerdem gingen sie zu schnell. Die Adameks hatten Mühe, Schritt zu halten.

Ein anderes Mal durften sie von einem Dorf bis zum

übernächsten Ort auf einem Bauernwagen mitfahren. Der Bauer schenkte ihnen die Hälfte von seinem Frühstücksbrot. Die Adameks rissen sie ihm fast aus der Hand und vergaßen zu danken.

Sie kamen an eine große Straßenkreuzung. Mächtige Wegweiser zeigten in die verschiedenen Richtungen. Einen Teil der Ortsnamen konnte Werner lesen. Andere Namen waren in merkwürdigen Buchstaben geschrieben, die Werner unbekannt waren.

„Das ist die russische Schrift", erklärte der Bauer. „Wo wollt ihr denn hin?"

„Nach Glauchau", sagten beide wie aus einem Mund.

„Bei Chemnitz", fügte Werner hastig hinzu.

„Wenn ihr nach Chemnitz wollt", sagte der Bauer, „dann könnt ihr bis zum nächsten Dorf auf meinem Wagen sitzenbleiben."

Er trieb die Pferde in die Querstraße hinein. Werner entdeckte auf einem der Wegweiser das Wort DRESDEN. Dahinter stand: 49 km.

„Glauchau steht nirgends auf dem Wegweiser", sagte Werner mißtrauisch.

„Nein", sagte der Bauer, „dazu ist euer Glauchau viel zu klein."

„Aber auch Chemnitz steht nicht da!" rief Werner.

„Chemnitz liegt hinter Dresden", erklärte der Bauer geduldig. „Von hier aus gesehen. Wenn ihr nach Dresden kommt, werdet ihr Wegweiser finden, auf denen CHEMNITZ steht. Aber ich würde euch raten, nicht über Dresden zu wandern. Dresden gibt es eigentlich gar nicht mehr, habe ich mir sagen lassen. Ein einziger großer Trümmerhaufen, unter dem noch eine Menge Tote liegen. Wie wollt ihr dort was zu essen finden? Alle machen einen großen Bogen um dieses Elend."

Als sie absteigen mußten, schenkte er ihnen noch seine alte Soldatenmütze, dunkelgrün mit einem Schild über der Stirn.

„Setzt sie euch abwechselnd auf, wenn ihr so stundenlang durch die Sonne trabt", sagte er. „Damit ihr keinen Sonnenstich bekommt. Ich hab noch einen alten Hut daheim, der tut's auch."

Er sah ihnen kopfschüttelnd nach, wie sie langsam davontrotteten.

Es war ein glücklicher Tag für die Adameks. Denn am Abend, als sie von der Straße abbogen und einen Schlafplatz für die Nacht suchten, stießen sie in einer offenen Feldscheune auf eine alte Frau, die hier auch übernachten wollte. Sie konnte nur humpeln. Sie hatte einen Kinderwagen voll Gepäck bei sich, den sie tagsüber vor sich herschob.

„Lauft und sucht mir Kleinholz, ihr Jungen", sagte sie, „denn ich kann mich so schlecht bücken. Dann bekommt ihr auch was von der Suppe ab." Sie packte ein Säckchen Mehl, eine Flasche mit Milch und eine Dose voll Zucker aus und baute sich, so unbeholfen sie auch war, neben der Scheune aus ein paar Feldsteinen einen Herd.

Die Adameks rannten und suchten so viel Holz, daß es für einen ganzen Breikessel gereicht hätte. Die Alte aber stellte nur einen kleinen Topf auf. Achim bekam zwei Schöpflöffel voll Mehlsuppe, und Werner durfte auslöffeln, was die Alte nicht mehr essen konnte. Er leckte sogar noch den Topf aus.

Ansteckungsgefahr!
Ich habe Typhus!
ZUCKER

„Hast du das alles von daheim mitgebracht?“ fragte Achim ganz überwältigt.
„I wo“, sagte die Alte. „Den Proviant von daheim habe ich schon lange aufgegessen. Mit meinen Beinen komme ich ja nur noch langsam vorwärts. Ich tausche. Ich tausche so langsam alles ein, was ich im Gepäck habe: Kleider, Schuhe, Silberbesteck und Schmuck. Es gibt ja nichts zu kaufen. Diese fünf Kilo Mehl habe ich für ein seidenes Sommerkleid bekommen. Bevor ihr verhungert, solltet ihr auch eure Mäntel eintauschen. Die sind noch gut.“
Die Adameks starrten die alte Frau an, die da, klein und zierlich, auf einem Holzklotz neben der Feuerstelle saß. Um ihre Fußknöchel und ihre Füße trug sie schmutzige Verbände, aber sie hatte ein sehr schönes dunkelgrünes Samtkleid an mit silbernen Knöpfen.
„Hat Ihnen denn noch nie jemand etwas weggenommen unterwegs?“ fragte Werner.
„Nein, mein Junge“, sagte die Alte. „Ich hab da einen Trick, weißt du. Schau dort auf die zwei Papptafeln. Kannst du lesen, was darauf steht?“
Die beiden schmutzigen Papptafeln lehnten neben dem Wagen an der Scheunenwand. Schnüre waren an ihnen befestigt.
„ACHTUNG! ANSTECKUNGSGEFAHR! ICH HABE TYPHUS!“ las Werner.
„Weißt du, was Typhus ist?“ fragte die Alte.
Werner nickte. Er sagte zu Achim: „Das ist eine sehr ansteckende Krankheit.“
„Diese Papptafeln“, sagte die alte Frau, „binde ich tagsüber, wenn ich unterwegs bin, rechts und links an meinen Wagen. Da lassen mich alle in Ruh.“

„Du, das ist eine Idee!“ rief Achim begeistert. „Das machen wir auch!“
„Wozu?“ fragte Werner traurig. „Wir haben ja nichts mehr, was man uns jetzt noch abnehmen könnte.“
„Die Mäntel“, sagte die alte Frau.
Es war ein sehr schöner Abend. Der Mond schien, es duftete nach Heu und Kräutern, und die Scheune war so weit von der Straße weg, daß sich niemand mehr entschloß, sie als Herberge zu benutzen. So blieben die drei allein. Die Alte wurde gesprächig. Es zeigte sich, daß sie Schauspielerin an einem Theater gewesen war. Plötzlich erhob sie sich von ihrem Holzklotz, stellte sich vor die Scheunenwand, reckte die Arme und sprach etwas sehr Aufgeregtes. Sie schaute zum Himmel und rang die Hände und bat irgend jemanden um irgend etwas, mehr verstanden die Adameks nicht, aber sie begriffen, daß es sich um etwas sehr Trauriges handelte. Achims Augen füllten sich mit Tränen, er rief mitten hinein: „Sei nur ruhig, ich helf dir schon, du mußt mir nur genau erklären, was du haben willst!“
Da ließ die Alte ihre Arme sinken und mußte lächeln. Sie sagte: „Es ist wunderbar, daß du mir helfen willst. Das ist ein Zeichen, daß ich noch spielen kann. Ich danke dir auch schön. Weißt du, ich habe nur so getan, als ob ich eine alte Frau wäre, die Gott um das Leben ihres Sohnes bittet. So eine Rolle habe ich nämlich einmal gespielt.“
Die Adameks waren etwas ratlos. Sie waren noch nie in einem Theater gewesen, außer in einem Kaspertheater. Aber vom Kaspertheater wußten sie, daß

man nach der Vorstellung klatschen muß, und so klatschten sie.
„Laßt nur, Kinder", sagte die Alte müde. „Kommt, gehen wir schlafen."
Am nächsten Morgen, als die Adameks aufwachten, war sie schon weg. Sie mußte sich leise davongemacht haben. Die Wagenspuren führten über die Tenne hinaus.
„Vielleicht hat sie uns etwas zu essen dagelassen", sagte Achim und durchsuchte die ganze Scheune. Aber er fand nichts. Am Waldrand wuchs junger Sauerklee. Davon aßen sie ein paar Blätter. Aber er war so sauer, daß sie Grimassen schneiden mußten. Der Hunger, der Hunger! Sie konnten an gar nichts anderes mehr denken als an Eßbares! Sie träumten von Essen, sie sprachen von Essen, sie erinnerten sich an das Essen daheim und bei Tante Else. Achim überlegte, ob Regenwürmer eßbar seien. Werner überlegte, ob er vielleicht doch seinen Mantel eintauschen sollte gegen ein paar Brote oder eine Bauernwurst. Aber ohne Mantel würde er nachts frieren!
Gegen Mittag wurde es heiß. Die alte Soldatenmütze wanderte zwischen Achim und Werner hin und her. Sie war sehr warm und viel zu groß, sie rutschte beiden Jungen über die Ohren. Aber sie schützte gegen die Sonne. Und außerdem konnte man sie vielleicht eines Tages auch gegen etwas Eßbares eintauschen. Neben der Straße trugen zwei Frauen auf einer frischgemähten Wiese Heu zu Haufen zusammen. Werner ging, in Gedanken versunken, achtlos vorüber. Achims Augen aber spähten, rastlos wie die ei-

nes Tieres, nach etwas Eßbarem aus. Er entdeckte halb versteckt in einem der Heuhaufen einen Henkelkorb mit einem Krug und ein kariertes Küchentuch, das etwas in dem Henkelkorb verbarg. Er blieb stehen und starrte auf den Korb. Sein Herz klopfte. Er warf einen Blick zu den Frauen hinüber, die gerade am anderen Ende der Wiese Heu zusammenrechten. Er schaute Werner nach, der ein gutes Stück voraus wanderte und nicht daran dachte, sich umzudrehen.

Da war er mit einem Satz bei dem Korb und faßte mit beiden Händen hinein. Er griff das Küchentuch samt dem, was darin eingewickelt war. Dabei fiel der Krug um und lief aus. Mit dem Päckchen lief er atemlos hinter Werner her und keuchte ihm zu, als er ihn erreicht hatte: „Renn, was du kannst, sonst erwischen sie uns!"

Werner rannte mit, obwohl er nicht wußte, was geschehen war. Er folgte Achim, der in ein Waldstück hineinlief. In einer Fichtenschonung kauerten sie sich dicht nebeneinander nieder. Sie horchten. Es rührte sich nichts. Keine Schritte, keine Stimmen näherten sich.

„Wer war denn hinter uns her?" fragte Werner aufgeregt.

Statt einer Antwort schlug Achim, noch keuchend, das Tuch auseinander. Da lagen, schon etwas zerdrückt, aber herrlich duftend, vier Doppelscheiben Brot, mit Pflaumenmarmelade bestrichen!

Achim packte eines der Brote und stopfte es sich, so weit es ging, in den Mund. Da wurde Werner hellwach. Er griff auch zu. Sie schluckten und würgten und sahen sich dabei selig an. Was für ein unverhofftes Glück!

„Wer hat dir das gegeben?“ fragte Werner, immer noch ganz verblüfft.

„Ich hab mir’s selber genommen“, antwortete Achim stolz und stopfte weiter.

Werner hörte auf zu kauen und starrte ihn entsetzt an.

„Na und?“ fragte Achim. „Die Frauen da auf dem Feld haben doch genug zu essen. Wenn sie Hunger haben, gehen sie heim und holen sich was. Die haben ja noch ihr Zuhause und alles, was dazugehört. Das bißchen, das wir ihnen weggenommen haben, tut ihnen doch nicht weh!“

„Stell dir vor, was Mutti dazu gesagt hätte –“ sagte Werner nachdenklich.

„Glaubst du vielleicht, die Mutti will, daß wir verhungern?“ rief Achim hitzig.

„Aber ich möchte auch kein Dieb werden“, sagte Werner.

„Lieber werde ich ein Dieb, als daß ich vor Hunger tot umfalle“, antwortete Achim trotzig. „Wenn wir erst tot sind, hat die Mutti auch nichts mehr von uns. Und außerdem hast du doch auch schon geklaut – aus Tante Elses Speisekammer. Oder etwa nicht?“

Werner begann wieder zu kauen, aber er schwieg und dachte nach. Gegen das, was Achim vorgebracht hatte, ließ sich nicht viel entgegenhalten.

„Also gut“, sagte er, „aber nur, wenn es gar nicht anders geht, und wenn es nicht gefährlich ist. Denn was nutzt es, wenn wir satt sind, aber fast totgeprügelt oder in einem Gefängnis?“

Satt und zufrieden krochen sie wieder aus der Schonung durch den Wald auf die Straße. Von einem Hang aus konnten sie die Wiese sehen, aber die Frauen waren nicht mehr da. Werner vergrub das karierte Küchentuch unter einer Schicht Laub und Walderde. Mit einer kleinen Angst im Magen wanderten sie weiter: Wenn sie den Frauen doch noch begegneten und von ihnen erkannt wurden?

„Wir wissen von nichts", sagte Achim und leckte sich noch einmal die Lippen ab. „Und vielleicht haben die mich auch gar nicht gesehen. Ich war ja weit weg."

„Nimm auf alle Fälle die Mütze ab und tu sie in den Sack", sagte Werner. „An der könnten sie dich erkennen."

Nun hatten sie sich also entschlossen zu stehlen. Aber es gab so gut wie nichts zu stehlen. Jeder, der noch etwas besaß, war mißtrauisch. Die Fenster der bewohnten Häuser blieben geschlossen, vor den Türen wachten Hunde. Als Werner einmal in einen Garten klettern wollte, in dem er ein Radieschenbeet entdeckt hatte, traf ihn fast ein Stein, der vom Hof herübergeflogen kam.

„Gesindel!" rief eine Frauenstimme. „Schert euch dorthin, woher ihr gekommen seid!"

Und viele Frauen, die in den Orten längs der Landstraße wohnten, klemmten ihre Taschen, Körbe oder Beutel zwischen ihre Beine, während sie miteinander sprachen. Achim spähte auf die Wiesen und Felder, auf denen Bauern arbeiteten. Aber es fand sich keine so günstige Gelegenheit mehr. Und so blieb ihnen nichts anderes übrig, als die Mütze, die ihnen der Bauer geschenkt hatte, gegen ein halbes Brot einzutauschen. Mehr bekamen sie nicht dafür. „Sie ist ja schon alt und speckig“, sagte die Bäuerin an der Hoftür. „Wenn man die wäscht, fällt sie sowieso gleich auseinander.“

Aber das glaubten ihr die Adameks natürlich nicht. Noch am selben Tag war das halbe Brot weg. Achim ließ sich von Werner nicht mehr vorschreiben, wieviel er essen durfte.

„Wenn du mich nicht essen lassen willst, bis ich satt bin“, heulte Achim, „dann kehr ich sofort um und geh zu Tante Else und Onkel Karl!“ Da ließ ihn Werner essen. Er selber bekam nur ein knappes Viertel ab.

Am nächsten Tag tauschte er Tante Elses Küchenmesser ein. Diesmal war er gewitzter. Er ging von Hof zu Hof und fragte, was man ihm für dieses Messer biete. Es war, wie gesagt, nicht Tante Elses bestes Messer gewesen, es war schon schartig, und der hölzerne Griff war abgenutzt. Das beste Angebot blieb eine große Schüssel voll gekochter Kartoffeln und ein paar Streifen Speckschwarte, an denen noch eine dünne Schicht Speck hing. Achim knabberte den Spreckrest von allen Schwarten ab und überließ sie danach Werner zum Auskauen. Schon eine halbe Stunde danach erbrach er sich, legte sich in den Straßengraben und wollte keinen Schritt mehr weitergehen, so schlecht war ihm. Werner lud ihn sich auf den Rücken und schleppte ihn in einen Heuhaufen, der etwas abseits von der Straße lag. Achim heulte sich in den Schlaf. Er wachte nicht einmal auf, als

Werner mit einem Grasbüschel versuchte, das Erbrochene von den Hosenbeinen zu wischen. Er schlief den Rest des Tages durch und die ganze Nacht bis zum Beginn der Dämmerung. Von der Kühle und dem Nebel wachte er auf.
„Schlaf nur weiter“, sagte Werner, „damit du wieder Kraft bekommst für den Weg“, und er wühlte sich mit ihm tiefer in das Heu hinein und legte seinen Arm um ihn. Es war sehr unbequem für Werner, aber Achim kuschelte sich an ihn und schlief wieder ein, und das war die Hauptsache.
Jetzt kamen sie nur noch sehr langsam voran. Werner studierte alle Wegweiser sehr sorgfältig, aber die Kilometer nahmen kaum ab. Achim wollte nicht mehr. Er war launisch und mürrisch und drohte bei jeder Gelgenheit, zu Tante Else und Onkel Karl zurückzukehren. Werner war ganz verzweifelt. Dazu kam noch der Schrecken, als er entdeckte, daß Achims Schuhe aufplatzten. Wie sollten sie weiterkommen ohne Schuhe? An der Straße entlang ging er in den Orten von Tür zu Tür und fragte nach Kinderschuhen für Achim, aber die Leute schüttelten alle nur den Kopf. Wer noch Kinderschuhe besaß, gab sie nicht her, auch wenn diese Schuhe nicht mehr paßten. Denn sie ließen sich ja für ein Stück Butter oder ein Brot eintauschen – wer hätte sie da weggeschenkt?
Und viele riefen den Adameks zu, noch bevor Werner Zeit blieb, seine Bitte auszusprechen: „Hier gibt es weder was zu betteln noch was zu stehlen!“

Wie die Adameks auf einem russischen Lastwagen fuhren

Ohne Mißtrauen waren nur die Russen. Denen wagte niemand etwas zu stehlen. Zuweilen waren manche von ihnen sogar richtig freundlich zu den Adameks. Einer warf ihnen einmal von einem Lastwagen herunter ein kleines Brot zu. Als sie an einer Feldküche vorübertrotteten, winkte ihnen der Koch und ließ sie einen Kessel auslecken. Und an dem Tag, an dem Achims linker Schuh endgültig kaputt ging, kamen sie durch die Hilfe der Russen sogar ein gewaltiges Wegstück voran:
Dieser Tag begann mit Pech und Ärger. Sie wanderten, noch schlaftrunken und hungrig, von Straßenbaum zu Straßenbaum, Werner wie immer in Gedanken verloren, Achim ein Stück hinter ihm mit Blicken, denen nichts entging. Sein linker Schuh klaffte seitlich ganz und gar auf. Werner hatte irgendwann unterwegs eine Schnur gefunden und eingesteckt. Mit ihr hatte er Achims Schuh umwickelt. Auf diese Art hielt der Schuh noch eine Weile zusammen. Aber die Schnur wurde zwischen Sohle und Straße zerrieben und riß schließlich. Etwas später löste sich die Sohle endgültig vom Oberleder und klappte um. Achim fing an zu heulen.
Das war schon daheim so gewesen: Achim hatte

seine Schuhe immer viel schneller verbraucht als Werner. Die Mutter hatte sich oft über Achims merkwürdige Füße gewundert und geärgert.
„Sei nur still“, tröstete ihn Werner. „Du kannst meine haben.“
Er zog seine Schuhe aus, die auch schon ganz zerstoßen und an den Sohlen und Absätzen abgelaufen waren, und gab sie Achim. Dem waren sie ein ganzes Stück zu groß. Er sah darin aus wie ein Clown. Den kaputten Schuh warf Werner weg, den anderen, der noch einigermaßen ganz war, steckte er in seinen Sack. Man konnte nie wissen, wofür er vielleicht noch einmal gebraucht werden konnte.
Werner lief barfuß weiter. Das war kein Vergnügen. Barfuß konnte er nicht grübeln oder träumen, sondern mußte genau achten, wohin er trat. Die Schottersteine am Straßenrand bohrten sich schmerzhaft in seine Fußsohlen. Er versuchte ihnen auszuweichen und schlurfte durch das staubige Gras am Grabenrand. Aber sogar das Gras stachelte.
„Tut's weh?“ fragte Achim ängstlich.
„Kein bißchen“, antwortete Werner mit einer forschen Handbewegung. Aber gegen Mittag hatte er die Füße voller kleiner Wunden, daß er sich schließlich nicht mehr beherrschen konnte und weinen mußte. Er versuchte sein Elend vor Achim, der in den guten Schuhen unbeschadet dahinmarschierte, zu verbergen und senkte den Kopf so tief wie möglich. Aber als er sich eine kleine Scherbe in den rechten Fuß trat, brach der ganze Jammer aus ihm heraus, und er heulte laut.
Achim blieb erschrocken stehen und starrte auf das

Blut, das von der Ferse tropfte, während sich Werner die Scherbe aus der Wunde zog.
„Und jetzt?“ fragte Achim ratlos. „Du kannst doch nicht so weitergehen!“
Werner antwortete nicht.
„Ich kann dir den einen Schuh abgeben“, sagte Achim. „Den für deinen schlimmen Fuß. Dann geht eben jeder von uns auf einem Bein barfuß. Und wenn die barfußenen Füße weh tun, tauschen wir die Schuhe um und gehen auf dem anderen Bein barfuß. Dann tut uns wenigstens immer nur ein Fuß weh.“
„Ach, laß nur“, schluchzte Werner und hinkte weiter. Er trat jetzt nur auf der Ferse auf, und sie kamen sehr langsam voran.
„Noch fünfundzwanzig Kilometer bis Dresden“, jammerte Werner beim nächsten Wegweiser. „Und wir haben bloß noch unsere Mäntel zum Eintauschen! Wie sollen wir das schaffen, wenn wir kaum mehr vorankommen?“
Achim war bestürzt. So mutlos hatte er seinen Bruder bisher noch nie gesehen. Er nahm Werner den Sack ab und trug nun beide.
„Wenn du gar nicht mehr gehen kannst“, sagte er zu Werner, „dann kannst du dich auf mich stützen. Ich halte das schon aus. Ich bin ja schon fast sieben.“
Werner preßte die Lippen zusammen und schüttelte den Kopf.
Als sie mühsam weiterhumpelten, hin und wieder eingehüllt von den Staubwolken vorüberfahrender Wagen, hielt plötzlich ein Lastauto vor ihnen. Es war ein offenes Lastauto, ohne Plane, und drei Russen saßen darauf. Sie saßen auf einem Haufen praller

Säcke und sangen. Als die Staubwolke sich legte, sahen die Adameks, daß sich ein Russe, mit einem Käppi schief über dem Ohr, aus der Fahrerkabine beugte und ihnen winkte. Mißtrauisch blieben sie stehen.

„Wohin?" rief er.

„Glauchau!" antwortete Werner hastig.

„Glauchau?" brüllte der Russe. „Wo Glauchau?"

„Bei Chemnitz!" brüllte Werner zurück.

„Wir nicht Chemnitz, aber du näher Chemnitz", rief der Russe. „Du Fuß kaputt. Komm mit!"

Achim fing an zu heulen.

„Mensch, heul doch nicht", flüsterte Werner erregt, „sonst nehmen sie uns nicht mit!"

„Aber sie nehmen nur dich mit!" schluchzte Achim.

„Unsinn", sagte Werner und zerrte Achim hinter sich her auf den Wagen zu. „Glaubst du, ich ließe dich hier allein stehen?"

Der Fahrer sprang aus der Kabine und rief den Russen, die sich neugierig herunterbeugten, etwas zu. Noch ehe die Adameks wußten, wie ihnen geschah, wurden sie hochgehoben und von oben in Empfang genommen. Gelächter umdröhnte sie, während sie zwischen den Säcken nach einem Halt suchten. Eine große Hand fuhr Achim über die Haare, und Werner erhielt einen freundschaftlichen Schlag auf die Schulter, daß er aufschrie. Achim klammerte sich an Werner. Ihm war das alles unbegreiflich. Die Russen brachen immer wieder in Gelächter aus. Einer kramte einen Brotlaib heraus und schnitt den Adameks je eine breite Scheibe ab. Ein anderer reichte jedem von ihnen ein Stück Wurst. Sie wußten gar

nicht, wie ihnen geschah: Da thronten sie auf einem Lastwagen, der in Richtung Glauchau fuhr und an all den anderen Flüchtlingen und Heimkehrern vorüberbrauste, die mühsam in Sonnenglut und Staub längs der Straße wanderten, während sie, die Adameks, die unerhörten Glückspilze, in aller Ruhe wunderbare Leckerbissen futterten!
„Trink, Bruder!" rief ein Russe und hielt Achim eine Flasche an den Mund. Achim trank gierig, denn er hatte Durst. Aber er mußte spucken und husten. Die Russen wollten sich ausschütten vor Lachen. Sie brüllten sich gegenseitig allerlei zu, wovon die Adameks kein Wort verstanden. Die versuchten auch gar nicht erst, etwas zu verstehen, sondern saßen nur da und ließen sich glücklich durchrütteln, während sie Brot und Wurst in sich hineinstopften, daß ihnen fast die Augen aus dem Kopf traten. Sie kümmerten sich nicht um die Dörfer, die an ihnen vorüberzogen, um die sanfte hügelige Landschaft, um die Flüsse und Bäche, die sie überquerten, zwischen Erlengebüsch und Trauerweiden. In den Kurven verloren sie manchmal das Gleichgewicht und wurden gegen die Russen gedrückt. Einer von ihnen, der ihnen das Brot geschenkt hatte, zog ein Foto aus der Tasche, zeigte es den anderen und sagte etwas. Die anderen Russen betrachteten abwechselnd Achim und das Foto. Der Russe sagte zu Achim: „Du wie mein Junge. Du Haar, Augen, Mund wie mein Junge. Mein Junge tot. Krieg, bum bum, tot."
Achim verstand nicht, was der Russe sagen wollte. Er merkte aber, daß die anderen jetzt nicht lachten. Einer legte seinen Arm um den Russen mit dem Foto

und sagte etwas zu ihm. Ein anderer reichte ihm die Flasche, aus der Achim hatte trinken sollen.
Achim war satt und müde. Er ließ sich rückwärts auf die Säcke sinken, und schon war er eingeschlafen.
Werner war auch schläfrig geworden, aber ein Russe besah sich jetzt die Wunde an der Fußsohle. Er kramte aus seinem Brotbeutel eine kleine Flasche und ein Läppchen. Er beträufelte das Läppchen mit der Flüssigkeit aus der Flasche und betupfte damit Werners Wunde. Das brannte fürchterlich. Werner zog den Fuß weg und jammerte. Ein anderer Russe hielt ihm beide Füße fest, und soviel er auch zappelte, mußte er es sich doch gefallen lassen, daß sie ihm alle die Wunden an den Fußsohlen reinigten.
Achim wachte von dem Geschrei auf und begriff nicht, was mit Werner geschah. Wollten sie ihn totmachen? Entsetzt begann er zu brüllen und ging mit den Fäusten auf die Russen los. Es gab wieder wildes Gelächter. Jemand hielt seine Arme fest, und als er um sich trat, auch seine Beine. Aber dann war Werner plötzlich still und lehnte sich matt zurück. Sein Haar war ganz verschwitzt.
„Was haben sie dir getan?“ heulte Achim.
„Nichts“, antwortete Werner. „Nur die Wunden ausgewaschen. Das hat so gebrannt. Du kennst das doch. Bei der Mutti hat's auch so gebrannt.“
Achim kuschelte sich an ihn und zog die Nase hoch, dann schlief er wieder ein. Werner wäre am liebsten auch eingeschlafen, aber er traute den Russen nicht ganz. Wer weiß, wo sie ihn und Achim hinfuhren. Vielleicht vergaßen sie, wenn er auch schlief, ihn und Achim an der richtigen Kreuzung abzusetzen. Er

zwang sich wachzubleiben und auf die Wegweiser zu achten.
Sie kamen in eine große Stadt. Die Häuser wurden immer höher und standen Wand an Wand. Aber die meisten von ihnen waren von oben bis unten aufgerissen und ragten aus Schuttbergen. An den Ruinen klebten noch Tapetenreste, hingen zerfetzte Lampenschirme. Nur hier und dort lebten noch Menschen in einer Wohnung, die von den Bomben verschont geblieben war. In den Trümmerhaufen wühlten Frauen. Sie suchten nach Geschirr, Kleidern oder Möbeln, die noch brauchbar waren. Ein halber Kirchturm ragte zwischen den Ruinen auf. Die meisten Fensterhöhlen und leeren Fassaden, an denen der Lastwagen vorüberfuhr, waren rußgeschwärzt. Fast die ganze Stadt hatte ja gebrannt.
Kaum ein Mensch war zu sehen. Seitenstraßen, die teilweise unter Trümmerbergen verschwunden waren, schienen ausgestorben.
Werner vergaß, nach Wegweisern zu schauen. Auch die Russen waren still geworden und starrten auf die tote Stadt. Bis an den Horizont reichten die ausgebrannten Ruinen!
„Dresden", sagte ein Russe zu Werner.
Sie fuhren nicht mitten durch die Stadt, sondern nur durch einige Vororte. Aber es sah überall trostlos aus. Auf einem vierstöckigen Haus, von dem nur noch die Vorderfront stand, war in Kreidebuchstaben zu lesen: MEIERS ALLE TOT – RETZLAFFS TOT BIS AUF EDITH – WOLTERS IN WIESBADEN, MORITZSTRASSE 12 – SCHRATTS VERSCHOLLEN.

Werner war bedrückt. Wenn in Glauchau, Kantstraße 3, auch so etwas auf einer Ruine stand? LENI MENK TOT...? Dann konnten weder Mutti noch Vati dort sein. Dann konnte er, Werner, auch nicht wissen, wo er noch weiter nach den Eltern suchen sollte! Dann würden sie alle vier vergeblich einander suchen, und wahrscheinlich kämen er und Achim schließlich doch noch in ein Kinderheim!
Ihm war sehr elend zumute.
Der Lastwagen durchfuhr nun wieder bewohntere Gegenden. Hier gab es noch unzerstörte Häuserzellen zwischen Ruinenfeldern. Aus den Holzhäuschen in den Schrebergärten ragten Ofenrohre, die friedlich qualmten. Hierher hatten sich viele Dresdener Bewohner geflüchtet, deren Wohnungen von Bomben zerstört worden waren. An den Straßenrändern spielten ein paar Kinder, Frauen kehrten die Bürgersteige, arbeiteten in den Gärten. Hier roch es nicht mehr nach Asche und Staub.
Achim schlief noch immer, als der Lastwagen auch die letzten Schrebergärten hinter sich gelassen hatte und wieder durch Felder und Dörfer fuhr. Erst als der Wagen vor einer Kreuzung mit einem scharfen Ruck anhielt, wachte er auf und schaute sich schlaftrunken um. Der Fahrer sprang aus der Kabine und rief etwas herauf. Achim wurde hinuntergereicht, danach Werner. Die beiden Säcke flogen hinterher. Werners Füße schmerzten, als er auf dem Boden stand. Er zog sie abwechselnd hoch.
„So du gehen?“ fragte der Fahrer und zeigte auf Werners Füße. „Nein, geht nicht. Füß kaputt!“
Er schaute sich um. Auf der anderen Straßenseite zog

eine Gruppe von Flüchtlingen vorbei: vier Frauen mit zwei Babies. Er musterte sie und schüttelte den Kopf. Er rief den Russen auf den Säcken etwas zu. Da begannen auch sie sich umzuschauen. Einer zeigte in eine Richtung. Dort schob auf einer Querstraße ein alter Mann mit einem blanken Glatzkopf einen Schubkarren vor sich her, hochbeladen mit frischgemähtem Gras. Daneben ging ein Junge, der eine Sense trug. Er war etwas größer als Werner. Die beiden waren keine Flüchtlinge, das sah man sofort. Sie hatten kein Gepäck bei sich.

„Halt!" brüllte der Russe hinüber.

Der alte Mann schaute erschrocken herüber und blieb sofort stehen. Er starrte verstört auf sein Grünfutter und auf die Sense. Er begriff nicht, was der Russe von ihm wollte. Der lief in ein paar Sätzen auf ihn zu und zeigte auf die Schuhe des Jungen.

„Schnell, schnell!" rief er und zeigte mit einer Bewegung, daß er die Sandalen haben wollte. Der Junge fing an zu weinen.

„Zieh sie aus", sagte der alte Mann ruhig zu ihm. „Wir haben keine Wahl. Die sind stärker."

Der Junge zog die Sandalen aus und gab sie dem Russen. Der grinste nur und kehrte mit seiner Beute zum Lastwagen zurück.

„Da", sagte er und reichte sie Werner. Dann zeigte er auf einen Wegweiser an der Kreuzung und sagte: „Dort Chemnitz."

Er schlug beiden Adameks auf die Schulter, lachte ihnen zu, kletterte wieder in seine Kabine und fuhr los. Die Russen winkten von ihren Säcken herunter, bis sie in einer riesigen Staubwolke verschwanden.

Wie die Adameks einen Mann ohne Beine zum Bahnhof schafften

Da standen sie nun, die beiden Adameks, und waren wieder allein. Werner hielt die Sandalen an den Riemen fest.
„Mensch, Schuhe!“ flüsterte Achim und betrachtete sie verwundert. „Probier sie mal an!“
Aber Werner kam nicht dazu, sie anzuprobieren. Denn der alte Mann mit dem Glatzkopf kam über die Straße gelaufen. Er hatte den Jungen, der jetzt barfuß war, neben der Schubkarre stehen lassen.
„Gebt die Schuhe her, aber sofort!“ keuchte er. „Schickt eure Russen meinetwegen hinter denen her, die noch zwei Paar besitzen!“
Er riß Werner die Sandalen aus den Händen und lief wieder damit zurück zu seinem Schubkarren. Er versteckte die Sandalen unter dem Grünfutter auf dem Schubkarren und machte sich, so schnell er konnte, mit dem Jungen davon. Offenbar hatte er Angst, die Russen könnten noch einmal umkehren und ihn bestrafen, weil er es gewagt hatte, sich die Sandalen zurückzuholen.
Nun mußte Werner wieder barfuß weiterhumpeln. Aber er hatte etwas entdeckt, was ihn alle Schmerzen

leichter ertragen ließ: Auf dem Wegweiser, den ihm der Russe gezeigt hatte, stand: CHEMNITZ 60 km. „Achim!“ rief er überglücklich. „Nur noch 60 km! Wenn ich Schuhe hätte, könnten wir das in vier Tagen schaffen. Und von Chemnitz nach Glauchau ist es nur noch ein Katzensprung!“

Er packte Achim und umarmte ihn.

„Aua“, knurrte Achim, „jetzt hast du mir wehgetan.“

„Und wir haben uns nicht einmal bei ihnen bedankt“, seufzte Werner, als er die Kreuzung überquerte.

An diesem Tag wanderten sie noch bis tief in die Nacht hinein. Werner versuchte Achim bei Laune zu halten, in dem er ihm von Vati und Mutti erzählte. Er konnte sich an seinen Vater noch viel besser erinnern als Achim. Er konnte sich sogar noch ein bißchen an die Zeit erinnern, in der Herr Adamek noch kein Soldat und jeden Tag daheim gewesen war. Achim dagegen kannte ihn nur aus den letzten zwei Urlauben.

„Er ist stark wie ein Bär“, sagte Werner. „Und er kann auf einem Stuhl Handstand machen. Einmal, in der Fastnachtszeit, hat er sich Muttis Kleider angezogen und Mutti hat sich seine Hosen und seinen Pullover angezogen. So kamen sie zur Tür herein, und ich bin erschrocken. Sie waren so anders, weißt du. Ich hab mich gar nicht mehr mit ihnen ausgekannt.“

„Er stachelt so“, sagte Achim. „Am Kinn. Im letzten Urlaub wollte er manchmal mit mir schmusen, aber das hat wehgetan.“

„Da kann er doch nichts dafür", rief Werner. „Alle Männer stacheln am Kinn. Dir wird das später auch passieren!"
„Sag ihm bitte nichts davon", sagte Achim nach einer Weile, „daß ich zu Tante Else und Onkel Karl zurückwollte. Und auch der Mutti nichts."
„Ist doch klar", antwortete Werner. „Wenn sie überhaupt da sind. Es kann ja sein, daß wir die ersten sind, die bei Tante Leni ankommen."
„Und wenn sie gar nicht ankommen?" fragte Achim plötzlich und blieb stehen. „Ich meine – wenn sie tot sind?"
Werner blieb auch stehen und sah Achim an.
„Dann wird Tante Leni für uns sorgen, bis wir groß sind", sagte er und räusperte sich.
„Und wenn die auch tot ist?"
„Du weiß doch – dann gehen wir zu Tante Else und Onkel Karl zurück, wenn sie uns noch haben wollen", sagte Werner heiser. „Aber sie werden schon nicht alle drei tot sein, verlaß dich drauf. Wir sind ja auch noch lebendig. Und ich hab auch ein paar Proben gemacht. Erst gestern hab ich die letzte Probe gemacht. Ich hab gedacht: Wenn es heute keinen Tropfen regnet, sind sie alle drei noch lebendig. Na bitte, es hat heute keinen Tropfen geregnet!"
Sie hatten sich nun die Schuhe geteilt: Achim trug an seinem rechten Fuß seinen eigenen Schuh, der von seinem Paar noch übriggeblieben war. Am linken Fuß trug er Werners linken Schuh. Den rechten hatte Werner selber an. Um den linken Fuß hatte Werner einen dicken Wollappen gewickelt und mit dem Gürtel seines Mantels zusammengebunden. So kam

er besser voran als barfuß. Den Lappen hatte er im Straßengraben gefunden. Er war zerfetzt und verstaubt, aber das tat ja nichts, wenn er nur weich war. Sie übernachteten wieder im Heu, sehr einträchtig und friedlich, und Achim erwähnte Tante Else und Onkel Karl kein einziges Mal.

„Ob die Mutti noch ihr goldenes Kettchen hat, mit dem Kleeblattanhänger?“ fragte er.

Aber er bekam keine Antwort mehr. Diesmal war Werner früher eingeschlafen. Achim schaute noch eine Weile in die Sterne hinauf. Es war eine sehr klare, kühle Nacht. Er kuschelte sich an Werner.

Am nächsten Morgen fiel Nieselregen, und als die Adameks ihre Köpfe aus dem Heuhaufen reckten, sahen sie nur Nebel.

„Wir sollten am besten einen Tag hierbleiben“, sagte Achim und gähnte verschlafen. „Heute wirst du sowieso nur humpeln können.“

Aber Werner war nicht zu halten. Einen ganzen Tag vergeuden, wo sie doch schon so nahe waren? Davon wollte er nichts wissen. Also humpelte er weiter. Der Lappen rutschte oft von seinem Fuß, er mußte ihn immer wieder von neuem wickeln und festbinden. Die Fußsohlen schmerzten noch sehr. Ein paar kleine Wunden eiterten. Aber die große Wunde hatte sich, Gott sei Dank, geschlossen und heilte.

Gegen Mittag wurde der Hunger wieder unerträglich. Im Schutz des Nebels stahl Werner ein paar junge Möhren aus einem Garten. Aber sie machten nicht satt. Achim war dreister. Als sie durch ein Städtchen kamen, riß er einem kleinen Jungen, der mit einer dicken Semmel aus einer Tür gelaufen kam und sich vor dem Haus auf die Stufen setzte, die Semmel aus der Hand und rannte mit ihr davon. Plärrend lief das Kind ins Haus zurück. Aber noch bevor seine Mutter zornig auf die Straße stürzte, waren die Adameks um die nächste Ecke verschwunden.

Eine halbe Semmel für jeden, das war nicht zu verachten. Im verwilderten Stadtpark kauerten sie sich in ein Rosengebüsch und kauten genüßlich. Sie hatten dabei kein schlechtes Gewissen. „Wenn sich die Leute hier Semmeln kaufen können, dann müßten wir uns doch auch Semmeln kaufen können", meinte Achim. „Wir müßten nur Geld haben."

„Das Geld könnten wir uns schon beschaffen", erklärte Werner, „zum Beispiel durch Arbeit. Aber damit bekämen wir immer noch keine Semmeln zu kaufen, weil wir nämlich keine Lebensmittelkarten haben. Mit den Lebensmittelkarten wird alles, was eßbar ist, an alle Leute im Land gerecht verteilt. Sonst würde sich einer ganz viel schnappen, und der andere, der später käme, bekäme nichts mehr ab."

„Dann besorg uns doch solche Lebensmittelkarten", sagte Achim hoffnungsvoll.

„Geht nicht", sagte Werner. „Dazu müßten wir hier richtig wohnen und hier zu Hause sein. Aber wir ziehen ja nur durch."

„Werden wir dann in Glauchau eine Lebensmittelkarte bekommen?" fragte Achim.

„Natürlich", sagte Werner. „Wenn Mutti oder Tante Leni uns auf der Polizei anmelden und sagen, daß wir zu ihnen gehören."

„Jetzt freue ich mich noch mehr auf Glauchau“, rief Achim. „Los, gehen wir weiter!“
Nachdem sie die Stadt hinter sich hatten und wieder auf der Landstraße dahinwanderten, trafen sie ein Flüchtlingsehepaar aus Breslau. Dem schlossen sie sich an. Die Frau war noch sehr jung und hatte ein schmales, mageres Gesicht. Aber ihr Bauch war unglaublich dick. Er paßte gar nicht richtig zu ihr, fand Achim. Sie zog einen Leiterwagen, auf dem ihr Mann saß. Dem fehlten beide Beine, das eine bis unters Knie, das andere bis in den halben Oberschenkel.
„Zieht mich ein Stück, ihr Jungen“, sagte er. „Meine Frau erwartet bald ein Kind. Sie kann nicht mehr. Dafür sollte ihr auch von uns einen Teller Suppe bekommen. Ich wiege nicht viel. Meine Beine sind ja ab.“
„Wir wollen nach Chemnitz“, sagte Werner.
„Und von dort nach Glauchau, Kantstraße drei“, sagte Achim.
„Bis nach Chemnitz haben wir den gleichen Weg“, sagte der Mann.
Also spannten sich die Adameks vor den Leiterwagen und zogen ihn. Die junge Frau wanderte hinter dem Wagen her. Einmal bat der Mann die Jungen anzuhalten.
„Ich muß mal“, sagte er und ließ sich vom Wagen auf die Erde fallen. Auf dem einen Knie, das er noch besaß, und den beiden Händen kroch und zog er sich seitlich ins Gebüsch. Seine Frau wollte ihm dabei helfen, aber er sagte: „Laß nur, ich komm schon allein vom Fleck. Du mußt dich schonen.“

Dabei waren seine Stümpfe noch gar nicht richtig verheilt. Er biß die Zähne zusammen vor Schmerzen, als er so auf der Erde entlangkroch. Achim mußte vor Mitleid weinen.
„Wein doch nicht“, bat die Frau. „Damit machst du ja alles noch schlimmer.“
„Ich muß mich erst daran gewöhnen“, sagte der Mann, als er aus dem Gebüsch zurückkroch. „Es sind doch keine drei Monate her, seit es passiert ist. Eine Granate, wißt ihr. Ich hab die Nase voll vom Krieg, das könnt ihr mir glauben. Als ich so alt war wie ihr, da hab ich immer mit Zinnsoldaten und Kanonen und Kriegsschiffen gespielt und hab mir einen richtigen Krieg gewünscht. Den hab ich jetzt gehabt. Mir reichts. Wenn das Kind, das wir bekommen, am Leben bleibt, dann werde ich ihm beibringen, daß es nichts Schrecklicheres gibt als den Krieg.“
Am Spätnachmittag kochte die Frau auf ein paar Steinen neben einem Waldweg eine dünne Suppe, auf der ein paar Fettaugen schwammen. Die Speckschwarte, die sie auskochte, hatte sie schon mehrere Male ausgekocht, sie gab fast nichts mehr her. Satt wurde keiner von ihnen, aber es war besser als gar nichts.
„Es soll da eine Bahnlinie geben, die seit ein paar Tagen wieder in Betrieb ist“, sagte der Mann. „Von Dresden bis Chemnitz, vielleicht sogar noch weiter. Das haben uns gestern Leute erzählt, die uns entgegenkamen. Auf der Karte geht die Strecke auch über euer Glauchau. Mit der Bahn kämen wir sehr viel schneller vorwärts. Macht ihr mit?“
Bei dem Wort Glauchau wurde Werner hellwach,

aber dann schüttelte er traurig den Kopf und sagte: „Wir müssen zu Fuß weiterlaufen. Wir haben nämlich kein Geld für eine Fahrkarte bei uns."
„Geld könnt ihr von uns haben", sagte der Mann. „Was ist denn heutzutage Geld schon wert? Es ist fast gar nichts nütze. Nicht mal ein Stück Brot kann man sich dafür kaufen. Also ich mache euch den Vorschlag: Ihr zieht mich bis zum Bahnhof, und ich kaufe euch die Fahrkarten."
Auf dieses Angebot ging Werner ohne zu zögern ein. „Wann werden wir am Bahnhof sein?" fragte er aufgeregt.
Der Breslauer faltete eine alte zerfledderte Landkarte auseinander und fuhr mit dem Finger darauf hin und her.
„Noch dreizehn Kilometer", sagte er. „Der vierte Ort von hier, wenn wir bei der nächsten Kreuzung abbiegen. Dort fährt der Zug durch."
„Er wird übervoll sein", sagte die junge Frau mutlos. „Jeder wird mit diesem Zug fahren wollen. Es wird ein fürchterliches Gedränge geben. Vielleicht heben sie dich hinein. Aber für den Wagen wird kein Platz sein. Was machen wir ohne Wagen, wenn wir wieder aussteigen müssen?"
„Es ist kein großer Umweg", antwortete der Mann und strich ihr über das Haar. „Wir fahren hin und sehen uns an, ob da was zu machen ist. Wenn wir den Wagen nicht mitnehmen können, müssen wir eben wieder auf der Landstraße weitermachen."
Gegen Abend durchnäßte sie ein Regenguß. Werners Fußlappen zerschliß und schleifte nach, ein lästiges Anhängsel. Werner versuchte wieder, barfuß wei-

terzulaufen, aber er mußte vorsichtig auftreten, um sich nicht noch neue Wunden zu holen. So kam es, daß sie an diesem Tag den Bahnhof nicht mehr erreichten.
Aber trotz dieser Enttäuschung hatten sie doch noch Glück: Sie begegneten einer Bäuerin, die vom Feld heimkehrte. Die warf einen mitleidigen Blick auf die schwangere Frau und den Mann ohne Beine und sagte: „Sucht ihr ein Nachtquartier? Wir haben da eine leere Stube mit ein paar Matratzen. Bei uns haben schon oft Flüchtlinge übernachtet. Wenn ihr wollt, könnte ihr also bei uns schlafen."
Und ob die Breslauer und die Adameks wollten! Die Frau schenkte ihnen am Abend sogar einen Krug voll Milch und ein paar gekochte Kartoffeln, und am nächsten Morgen einen Kaffee und jedem ein Stück Brot. „Viel haben wir auch nicht", sagte sie, „aber wir sind froh, daß wir wenigstens noch unser Haus haben. Es hätte uns ja auch so gehen können wie euch. Dann wären wir jetzt ebenso dankbar für ein Nachtlager und etwas zu essen."
Als die Breslauer sich nach dem Frühstück bedankten und aufbrechen wollten, fragte die Bäuerin: „Wann soll denn das Kind kommen?"
„In etwa vier Wochen", sagte die junge Frau.
„Mein Gott", rief die Bäuerin, „und dann noch von morgens bis abends auf der Straße! Bleibt hier, bis es da ist. Wenn ihr mit der Stube zufrieden seid, soll's uns recht sein. Wir haben auch eine Hebamme im Dorf."
Aber die junge Frau schüttelte den Kopf und sagte: „Meine Mutter lebt in Wildenfels. Ich will bei ihr

sein, wenn das Kind kommt. Bis Wildenfels werden wir es wohl noch schaffen. Wir wollen versuchen, einen Zug zu bekommen."

„Auf den Zug macht euch nur keine Hoffnung", antwortete die Bäuerin. „Der ist jedesmal zum Platzen voll. Sogar außen dran hängen ganze Menschentrauben."

„Wir wollen es trotzdem versuchen", sagte der Mann. „Vielleicht gibt es unter den Eisenbahnern auch einen Menschen, der so gut ist wie Sie."

Die Bäuerin winkte ab und lachte.

„Also dann drücke ich euch beide Daumen", sagte sie und trug zusammen mit ihrem alten Vater den Breslauer hinaus auf den Leiterwagen. Sie winkte noch lange, und die Adameks und die junge Frau winkten zurück.

„Daß es noch solche Menschen gibt!" sagte der Mann.

Wie die Adameks doch noch einen Platz im Zug fanden

Sie zogen über einen Hügel und sahen schon von weitem die kleine Stadt mit dem Bahnhof liegen. Die Schienen glänzten in der Morgensonne. Als sie näherkamen, konnten sie sehen, daß schon viele Menschen auf dem Bahnhof warteten.

„Also ist er heute noch nicht durchgefahren“, sagte der Mann froh. „Wenn wir Glück haben, kommen wir noch zurecht.“

„Aber der Zug wird schon voll ankommen!“ klagte die Frau. „Wie sollen denn alle die Leute noch Platz finden? Ich mache mir nicht die geringsten Hoffnungen.“

„Gut so“, sagte der Mann. „Dann kannst du auch nicht enttäuscht werden.“

Werner vergaß, daß er auf einem Fuß barfuß lief. Er setzte sich in Trab, und Achim mit ihm. Vor und hinter ihnen strebten auch andere Flüchtlinge und Vertriebene dem Bahnhof zu.

„Nicht so schnell!“ rief der Breslauer. „Gerda kommt nicht mit!“

Aber Werner ließ sich nicht mehr halten. Der Leiterwagen ratterte über das Kopfsteinpflaster der kleinen Stadt.

„Geht es hier zum Bahnhof?“ rief Achim immer wieder den Vorübergehenden zu.

Keuchend kamen sie auf dem Bahnhof an. Gerda war zurückgeblieben, sie brauchte eine ganze Weile, bis sie sie eingeholt hatte. Sogar der Breslauer keuchte, obwohl er gefahren worden war. Aber das kam von der Spannung, die auch ihn gepackt hatte.

„Wann kommt der Zug?“ fragte er ein paar Leute, die vor der Sperre auf ihren Koffern und Bündeln saßen.

„Etwa in einer Stunde“, bekam er zur Antwort.

Gerda ließ sich ächzend auf die Koffer fallen, die auf dem Leiterwagen, hinter dem Rücken des Mannes, aufgetürmt und festgeschnürt lagen.

„Noch eine Stunde, und schon so viele Leute“, jammerte sie. „Wir haben gar keine Chance, Walter.“

„Wo wollen Sie denn hin?“ fragte eine Frau, die neben dem Leiterwagen rittlings auf zwei Koffern saß und ihre beiden kleinen Kinder mit kalten Pellkartoffeln fütterte.

„Nach Wildenfels bei Zwickau“, antwortete Gerda.

„Mit der Bahn wahrscheinlich nur bis Chemnitz“, fügte der Breslauer hinzu. „Und Sie?“

„Nach Glauchau. Von dort zu Fuß weiter, wenn ich über die Brücke komme. Es heißt, der Fluß, der durch Glauchau fließt, sei zu irgendeiner Grenze erklärt worden. Die Brücke über den Fluß haben die Russen gesperrt.“

„Bis Glauchau fährt also der Zug?“ rief der Breslauer überrascht. „Sind Sie sicher?“

„Alle sagen es“, sagte die Frau. „Glauchau ist Endstation.“

„Unser Glauchau!“ rief Werner glücklich.

„Komm her, Werner“, sagte der Breslauer. „Du

mußt uns jetzt helfen, und wir werden versuchen, auch euch zu helfen. Hier hast du Geld. Geh zum Schalter und kauf vier Fahrkarten nach Glauchau. Bist du schon zehn? Nein? Dann zwei ganze und zwei halbe. Wir sind eure Eltern. Sonst könnte es passieren, daß sie euch nicht mitlassen, weil ihr ohne Erwachsene reist."

Werner nickte.

„Wenn du die Fahrkarten hast", sagte der Breslauer, „kommst du, so schnell du kannst, wieder her. Dann müssen wir um den Platz im Zug kämpfen."

Werner wand sich durch das Gedränge bis an das Ende der Schlange, die sich vor dem Fahrkartenschalter gebildet hatte. Inzwischen wuschen sich Gerda und Achim unter einem Wasserhahn an der Außenwand des Bahnhofs und tranken aus der hohlen Hand. Sie waren durstig und verschwitzt. Gerda brachte ihrem Mann einen Kochtopf voll Wasser. Er setzte ihn an den Mund und trank daraus, und in den Rest tauchte er sein Gesicht.

Nach einer reichlichen Viertelstunde kam Werner mit den vier Fahrkarten und dem Wechselgeld zurück.

„Ob es für uns am günstigsten ist, bis Glauchau zu fahren oder eine oder zwei Stationen vorher auszusteigen, werden wir unterwegs noch entscheiden", sagte der Breslauer.

„Wenn wir je mitkommen", fügte Gerda hinzu.

„Jetzt zieht mich auf den Bahnsteig", sagte der Breslauer.

Aber es zeigte sich, daß der Leiterwagen zu breit für den schmalen Durchgang an der Sperre war.

23
Ausgang
ingang

„Der Leiterwagen muß hierbleiben“, sagte der Fahrkartenkontrolleur mürrisch. „Der Zug ist schon mehr als voll, wenn er hier ankommt.“
„Wie soll ich mich denn weiterbewegen, so ohne Beine?“ rief der Breslauer zornig. „Soll ich vielleicht auf allen Vieren kriechen? Ich hab mir meine Beine im Krieg auch für Sie abschießen lassen! Soll ich dafür noch bestraft werden?“
Die Leute, die sich hinter dem Leiterwagen drängten, schauten erschrocken auf den Breslauer, der immer lauter brüllte.
„Ja glauben Sie denn“, schrie jetzt der Fahrkartenkontrolleur zurück, „Sie sind der Einzige weit und breit, dem es beschissen geht? Ich hab auch eine Kopfverwundung, und meine ganze Familie ist beim Luftangriff auf Dresden umgekommen, und jeden Tag kriegen wir hier Leute mit abgeschossenen Armen und Beinen und uralte Opas und Omas, die nicht mehr laufen können, und schwangere Frauen und Halbverhungerte zu sehen! Wenn's nach mir ginge, müßte alle halbe Stunde ein Zug fahren! Aber seit vier Tagen läuft der Betrieb erst wieder. Kein Wunder, daß sich hier alles staut! Warten Sie ein paar Tage hier im Ort, dann wird sich der Gepäckverkehr regeln.“
„Und meine Frau soll das Kind wohl in der Bahnhofshalle bekommen, was?“ schrie der Breslauer mit rot angelaufenem Gesicht.
„Wenden Sie sich an den Bahnhofsvorsteher“, knurrte der Kontrolleur. „Gehen Sie dort hinein.“
„Gehen!“ höhnte der Breslauer. „Gehen ist gut, Sie Witzbold!“

Er ließ sich von den Adameks vor die Tür ziehen, die der Mann an der Sperre ihm gezeigt hatte.
„Geh du hinein“, sagte er zu Gerda. „Zu dir werden sie freundlicher sein. Bitte sie, daß sie uns vier und den Wagen durchlassen. Vergiß nicht, daß die beiden Jungen unsere Kinder sind.“
Gerda klopfte an und trat ein. Nach einer Weile kam sie wieder heraus mit einem Mann in Eisenbahneruniform. Er warf einen Blick auf den Mann ohne Beine im Leiterwagen und auf die beiden Jungen.
„Kommen Sie mal hinter mir her“, sagte er.
Die Adameks zogen ihm mit dem Leiterwagen nach, dahinter folgte Gerda. Sie durchquerten einen großen Raum mit Regalen an den Wänden und gelangten von dort durch eine breite Tür auf den Bahnsteig. Der Eisenbahner führte sie bis fast ans Ende des Bahnsteigs. Eine ganze Herde Wartender schloß sich ihnen sofort an, in der Hoffnung, auf diese Weise einen Platz im Zug ergattern zu können. Aber der Eisenbahner scheuchte sie ärgerlich weg.
„Sie haben noch Ihre Beine“, sagte er. „Suchen Sie sich nur selber einen Platz.“
Und zum Breslauer sagte er, so, daß es niemand außer Gerda und den Adameks hören konnte: „Sie können mit Ihrer Familie und Ihrem Wagen im Gepäckwagen mitfahren. Das ist die einzige Möglichkeit, die wir Ihnen bieten können. Aber es stehen drei Särge drin, und uns wurde durchgegeben, daß sie schon stinken. Wir wissen nicht, wer darin liegt. Es wird kein Vergnügen sein, in solcher Gesellschaft zu reisen, vor allem nicht für Ihre Frau.“
„Wir fahren mit“, sagte Gerda, ohne zu überlegen.

„Jawohl", sagte der Breslauer, „wir fahren mit."
„Warten Sie hier", sagte der Eisenbahner. „Wenn der Zug da ist, werde ich mich um Sie kümmern."
Er verschwand so schnell, daß der Breslauer kaum Zeit fand, sich bei ihm zu bedanken.
„Jetzt wird alles gut, Gerda", sagte der Breslauer und lächelte ihr zärtlich zu.
Sie lächelte müde zurück, dann sagte sie: „Wir sind noch nicht im Zug."
Es versprach ein heißer Tag zu werden. Die Sonne erhitzte den Bahnsteig. Werners Fußsohlen wurden heiß. Es gab auch nirgends Schatten, in den man sich flüchten konnte. Werner trat zum Leiterwagen und wollte einen der beiden Säcke holen, die er während der Fahrt vom letzten Nachtquartier bis zum Bahnhof zwischen die Sprossen der Seitenwand des Wagens und die Koffer gestopft hatte. Er wollte sich den Sack unter die bloßen Füße legen.
Aber die Säcke waren nicht mehr da. In den Säcken waren die Mäntel gewesen. Beide Mäntel: das Letzte, das sie besessen hatten, außer dem, was sie auf dem Körper trugen.
Es dauerte eine Weile, bis Werner sich von diesem Schlag erholte. Jetzt besaßen sie nichts mehr, womit sie sich in der Nacht zudecken konnten, nichts, mit dem sie sich an einem kalten Tag wärmen oder vor dem Regen schützen konnten!
„Verdammtes Schweinepack!" schimpfte der Breslauer und starrte zornig auf das Bahnhofsgebäude.
Irgend jemand mußte die Säcke vom Wagen stibitzt haben, während sie in der Halle auf Werner und die Fahrkarten gewartet hatten.

„Ich bin dran schuld“, jammerte Gerda. „Ich hätte besser aufpassen müssen –“

„Was regt ihr euch denn so auf?“ rief Achim. „Wir brauchen sie doch nicht mehr. Wir werden doch noch heute bei der Mutti sein, und die wird uns in der Nacht schon irgendwie zudecken!“

Da schrie die Menge auf dem Bahnsteig auf, die Köpfe reckten sich alle in einer Richtung, und dann kam er herangefaucht, ein endlos langer Zug mit einer schmutzigen Rauchfahne. Außen auf den Trittbrettern fuhren Leute mit, die in den Abteilen keinen Platz mehr gefunden hatten. Sie klammerten sich an Haltestangen und Türgriffe und hatten ihre Gepäckstücke zwischen die Beine geklemmt.

Die Bremsen quietschten, der Zug hielt. Ein wildes Gedränge begann vor den Türen, die Stärksten und Rücksichtslosesten zwängten sich durch das Gewühl. Es wurde geschimpft, geflucht, gebettelt. Den Passagieren, die hier aussteigen wollten, gelang es kaum, sich einen Weg aus den Waggons zu bahnen. Irgendwo brach eine Schlägerei aus. Kinder brüllten, Frauen beschimpften einander. Männer kletterten auf die Waggondächer, andere setzten sich rittlings auf die Puffer. Niemand verbot es ihnen.

Um die Breslauer, die mit ihrem Leiterwagen neben der Lokomotive standen, kümmerte sich niemand.

„Siehst du“, sagte Gerda zu ihrem Mann, „die haben uns längst vergessen. Wir haben kein Glück.“

„Fahrt mich vor den Gepäckwagen“, sagte er, und Werner sah, daß seine Hände zitterten. „Ich werde mit dem zuständigen Mann im Gepäckwagen sprechen.“

Aber da kam auch schon vom Bahnhofsgebäude herüber der freundliche Eisenbahner gelaufen. Er rief den Breslauern zu: „Hierher!“ und kletterte in den Gepäckwagen, dessen Schiebetür weit offen stand. Werner hörte ihn innen mit jemand sprechen. Dann erschien er mit einem anderen Eisenbahner wieder an der Tür, sprang herunter auf den Bahnsteig, schob den Leiterwagen dicht an den Waggon und rief hinauf: „Erst den Mann, dann die Koffer, dann den Wagen!“
Der Breslauer wurde unter den Armen gepackt, hinaufgestemmt und im Waggon auf den Fußboden gesetzt. Hastig versuchte Gerda, die Knoten des Stricks zu lösen, mit dem die Koffer am Wagen festgeschnürt waren. Aber der Eisenbahner hatte nicht viel Geduld. Er zog ein Taschenmesser heraus und zerschnitt den Strick. Einen Koffer nach dem anderen reichte er hinauf, alle fünf, dann gab er dem Mann im Waggon die Deichsel zu fassen und hievte den Leiterwagen hoch.
„Los, hinein, ihr Burschen“, sagte er zu den Adameks. „Ihr werdet doch wohl selber hinaufkommen.“
Zuletzt hob er Gerda hinauf.
„Das Baby“, sagte der Mann auf dem Gepäckwagen und zeigte auf Gerdas Bauch, „fährt Erster Klasse!“
Kaum waren sie alle drin, drängten sich auch schon andere an die Tür des Gepäckwagens und bettelten, mitfahren zu dürfen.
„Mach die Tür zu!“ rief der Eisenbahner herauf.
Der Gepäckmann schloß die Schiebetür. Nur noch durch ein paar hohe Fensterluken fiel Tageslicht

herein. Es gab keinen kühlen Durchzug mehr. Die Hitze staute sich.
Erst jetzt entdeckten die Adameks die Särge. Es waren einfache Särge, schnell zurechtgezimmert. Nun machte sich auch ein eigentümlicher Geruch im Waggon breit. Die Adameks kannten ihn. Unterwegs hatten sie einmal eine tote Kuh und ein anderes Mal ein schon halb verwestes Pferd neben der Straße liegen sehen. Die hatten ebenso gestunken.
Die Adameks störten sich nicht sehr an dem Gestank. Es graute ihnen auch nicht vor den Särgen. Sie waren ganz erfüllt von dem Gedanken, bald in Glauchau zu sein.
„Wann werden wir dort ankommen?" fragte Werner den Gepäckmann.
„Wo dort?" fragte der zurück.
„Na, in Glauchau!" rief Achim.
„Kann man nicht genau sagen", brummte der Mann. „Hängt davon ab, wie oft und wie lange wir unterwegs stehenbleiben. Das läuft alles noch so über den Daumen gepeilt. Irgendwann am Nachmittag zwischen drei und vier, wenn alles gut geht. Verhaltet euch auf den Stationen ruhig, damit wir keine Schwierigkeiten bekommen. Denn Passagiere im Gepäckwagen waren früher natürlich nicht erlaubt, und in Zukunft wird sowas ebenfalls verboten sein."
Auch der Breslauer war glücklich. Er saß auf dem schmutzigen Bretterboden und lehnte sich gegen die Wand. Die junge Frau aber starrte mit schreckerfüllten Augen auf die Särge.
„Ich halte das nicht aus", flüsterte sie ihrem Mann zu.

„Halte dir die Nase zu und atme durch den Mund, dann merkst du nichts davon“, sagte er und zog sie neben sich. „Lehn dich an mich und schlaf eine Weile. Du hast es verdient.“

Von draußen tönten Rufe und Pfiffe herein. Es gab einen Ruck, der Zug setzte sich in Bewegung. Für einen Augenblick roch es stärker nach Rauch als nach Aas.

„Wir fahren, wir fahren!“ jubelte Achim.

Wie die Adameks mit drei Särgen nach Glauchau kamen

Während der Fahrt nahmen Hitze und Gestank im Waggon etwas ab, denn der Gepäckmann ließ die Schiebtür einen Spaltbreit offenstehen, und so gab es Zugluft hinauf zu den Fensterluken. Gerdas Wangen bekamen etwas Farbe zurück, und sie konnte wieder lächeln.

Das gleichmäßige Stampfen der Kolben schläferte ein. Zuerst fielen Achim die Augen zu. Dann bettete Gerda ihren Kopf auf den Schoß ihres Mannes. Der wedelte ihr die Fliegen weg, damit sie ruhig schlafen konnte. Er nickte Werner zu, der auch damit beschäftigt war, Fliegen zu verscheuchen, die Achim und ihn umschwärmten. Der Gepäckmann, der in der gegenüberliegenden Ecke auf ein paar Kisten saß, döste mit geschlossenen Augen vor sich hin.

„Du und ich“, sagte der Breslauer leise zu Werner, „tragen die Verantwortung, ich weiß. Aber schlaf du nur auch. Ich wecke euch schon, wenn es nötig ist.“

Werner schüttelte den Kopf. Er konnte jetzt nicht schlafen.

„Weil eure Mäntel weg sind, nicht wahr?“ fragte der Breslauer.

„Das ist es nicht“, antwortete Werner. „Wenn wir die Mutti in Glauchau finden, wird sie uns bis zum Winter schon irgendwie andere Mäntel besorgen. Und finden wir sie nicht, ist sowieso alles egal. Das ist es, wovor ich Angst habe: Wenn sie nicht da ist.“
„Du solltest damit rechnen, daß sie nicht da ist“, antwortete der Breslauer nachdenklich. „Dann trifft es dich nicht mehr so hart, wenn sie wirklich nicht da sein sollte. Du mußt dir auch schon überlegen, was du tun willst, wenn sie nicht da ist.“
„Das hab ich mir schon alles überlegt“, sagte Werner. „Wenn Tante Leni da ist, bleiben wir bei ihr. Wenn wir aber gar niemand finden, dann kehren wir um und gehen zurück zu Tante Else und Onkel Karl.“
Der Breslauer wußte, wer Tante Else und Onkel Karl waren. Achim hatte ihm und Gerda unterwegs von dem jungen Hund und von Onkel Karls Bienen und der gestohlenen Wanduhr erzählt.
„Wenn ihr über Wildenfels kommt“, sagte der Breslauer, „dann kehrt bei uns ein. Etwas zu essen wird sicher auch für euch da sein, und vielleicht finden sich zwei alte Pullover oder Jacken, damit ihr in den Nächten was anzuziehen habt. Gerda hat viele Verwandte in Wildenfels. Wenn sie denen erzählt, daß ihr uns geholfen habt, werden sie schon nicht schäbig sein.“
Werner nickte dankbar. Er dachte sich aus, wie es sein würde, wenn er an die Tür klopfte, an der L. MENK stand. Würde Tante Leni öffnen oder die Mutti? Oder vielleicht alle beide? Würden sie ihn und Achim erkennen? Achim war nicht mehr so

pummelig wie früher, und ihre Hemden und Hosen waren so schmutzig, daß man kaum mehr ihre Farbe erkennen konnte. Vielleicht stand vom Haus Kantstraße Nr. 3 aber auch nur noch eine Ruine, und mit Kreide darauf geschrieben: LENI MENK TOT! Oder würde Tante Leni ihn und Achim umarmen und unter Tränen ausrufen: Eure Mutter lebt nicht mehr?

Der Zug ratterte durch eine heiße Sommerlandschaft. Er hielt nicht mehr bis Chemnitz. Sie fuhren durch die Vororte. Schrebergärten reihten sich an Schrebergärten, Fabrikhallen an Fabrikhallen. Kleine Einfamilienhäuser mit Hühner- und Kaninchenställen und Holzschuppen scharten sich um Kaufläden, Kirchen und Schulen. Hier sah man wieder Kinder, die in den Straßen spielten, ja sogar Frauen, die Kinderwagen vor sich herschoben. Hier und dort ragte eine ausgebrannte Fabrik, klafften Löcher in Häuserzeilen, waren Straßen durch Schuttberge versperrt. Aber zwischen den Verwüstungen lebte die Stadt, das konnte man sehen und spüren, sie war nicht tot wie Dresden!

Trotz aller Sorgen wurde auch Werner schläfrig. Aber gerade, als seine Gedanken anfingen zu zerfließen, bremste der Zug und hielt. Der Gepäckmann erhob sich und ging zur Türluke.

„Ist das Chemnitz Hauptbahnhof?“ fragte der Breslauer.

„Am Hauptbahnhof halten wir nicht“, antwortete der Gepäckmann mürrisch. „Der ist ganz kaputt. Nicht benutzbar. Wir halten nur an ein paar Vorortbahnhöfen.“

Er sprach mit einem Eisenbahner, der ihm einen Sack, ein Paket mit Zeitungen und zwei verschnürte Schachteln hereinreichte. Werner sah Scharen von Reisenden vorüberströmen und hörte lautes Stimmengewirr. Als sich ein paar neugierige Köpfe in den Waggon reckten, schob der Gepäckmann die Tür zu. Sofort wurde es wieder heiß und stickig im halbdunklen Raum, und die Särge verbreiteten ihren aufdringlichen Geruch. Gerda erwachte und schaute sich mit rotgeränderten Augen erstaunt um. Sie hatte wohl ganz vergessen, daß sie im Zug saß.

Nur Achim schlief weiter. Der war ein Schlafkünstler, das hatte schon die Mutti daheim immer gesagt. Einmal war er sogar in der Badewanne eingeschlafen.

„Jetzt hängen wohl noch mehr Leute außen am Zug", sagte der Breslauer.

„Nee", antwortete der Gepäckmann. „Es hat sich gelichtet. Hier steigen nicht viele zu. Die meisten, die auf den Landstraßen nach Westen ziehen, schlagen einen Bogen um die Großstädte, weil es da nichts zu essen gibt. Hier in Chemnitz steigen aber viele aus, vor allem Soldaten, die zu ihren Familien heimkehren."

„Ist ihnen vielleicht ein Soldat begegnet, der Leonhard Adamek heißt?" fragte Werner. „Mit braunen Haaren, und vorn am Kinn mit einer so schrägen Narbe?"

„Nein, der ist mir nicht begegnet, tut mir leid", antwortete der Gepäckmann und grinste.

„Das ist nämlich sein Onkel", sagte der Breslauer schnell.

„Ja", sagte Werner hastig, „mein Onkel."
Er warf dem Breslauer einen dankbaren Blick zu. Aber der Gepäckmann hatte seine Gedanken woanders.
„Wenn man bedenkt", sagte er, „wieviel Ziegelsteine, die noch ganz sind, in den Trümmerbergen und Schutthaufen liegen! Ich und meine Frau, wir gehen fast jeden Tag Ziegelsteine sammeln. Wir haben auch so einen Bollerwagen wie ihr, damit fahren wir sie in unseren Schrebergarten und stapeln sie dort. Die sind was wert. Wenn sich die Zeiten beruhigt haben, werden wir uns davon ein kleines Haus bauen. Denn unsere Wohnung ist ausgebombt."
„Eine gute Idee", sagte der Breslauer.
Der Zug ruckte wieder an und setzte sich in Bewegung.
„Wo sind wir?" fragte Gerda.
„Wir fahren durch Chemnitz", sagte der Breslauer. „Schlaf nur. Ich passe auf."
„Macht doch die Luke auf", stöhnte Gerda. „Ich ersticke."
Der Gepäckmann sah Gerda mitleidig an und öffnete die Schiebetür wieder einen Spalt. Von dem Geratter nickte Werner ein. Das Gespräch zwischen dem Breslauer und dem Gepäckmann hörte er nur wie ein fernes Geplätscher. Der Breslauer erkundigte sich nach den Möglichkeiten, nach Wildenfels zu gelangen.
„Fahren Sie am besten bis Glauchau", sagte der Gepäckmann. „Denn andere Strecken in diese Richtung werden noch nicht befahren. Auch nicht mit Bussen. Sowas gibt es noch nicht wieder. Die letzten

paar Kilometer müssen Sie sich eben noch mal über die Landstraßen quälen."
„Damit habe ich schon gerechnet", sagte der Breslauer trübe.
Werner wurde auf den nächsten Stationen nicht richtig wach. Er murmelte nur jedesmal: „Ist das Glauchau?" und wedelte sich müde die Fliegen aus dem Gesicht. Wenn seine Frage verneint wurde, schlief er weiter. Er merkte nicht einmal, daß sich Gerda auf einem kleinen Bahnhof aus der Türluke auf den Bahnsteig erbrach und der Gepäckmann ihr in seinem Kochgeschirr Wasser holte. Er merkte auch nicht, daß Achim, mitten auf der Fahrt, plötzlich aufwachte und jammerte: „Ich muß mal!"
Der Breslauer wollte Werner wecken, aber der Gepäckmann sagte gutmütig: „Lassen Sie den man pennen. Der könnte den Kleinen sowieso nicht halten, so verschlafen, wie der ist."
Er winkte Achim und führte ihn an die Tür.
„Mach da hinaus", sagte er, „die Blumen werden sich freuen. Aber nicht in die Fahrtrichtung, sonst bepinkelst du dich selber."
Und er hielt ihn am Kragen fest, damit er nicht das Gleichgewicht verlor und hinausstürzte.
Als Achim fertig war, führte ihn der Gepäckmann auf seinen Platz zurück und sagte: „So, jetzt kuschel dich wieder zu deinem Bruder. Das nächste Mal pinkelst du schon in Glauchau."

Werner sah im Traum das Gesicht des Breslauers: kantig, sonnverbrannt, mit kahlen Ecken über den Schläfen und den freundlichen Augen. Der Breslauer

sagte etwas zu ihm, aber er konnte es nicht verstehen. Erst als der Breslauer zu ihm herüberkroch und ihn rüttelte, merkte er, daß das kein Traum war.
„Wach jetzt auf", hörte er ihn sagen. „Die nächste Station ist Glauchau."
Werner fuhr hoch und war augenblicklich wach. Glauchau! Aufregung packte ihn.
„Glauchau!" schrie er Achim so laut in die Ohren, daß der erschrocken hochfuhr. Er blinzelte und wedelte sich die Fliegen weg. Dann erinnerte er sich wieder, was Glauchau bedeutete.
„Vielleicht ist die Mutti am Bahnhof!" rief er. „Vielleicht ist sie jeden Tag zum Bahnhof gegangen!"
„Er träumt noch", sagte Werner laut zum Gepäckmann. „Unsere Mama ist ja hier."
Gerda kramte in einem der Koffer und reichte Werner zwei große Herrentaschentücher.
„Binde sie dir um den Fuß, für den du keinen Schuh mehr hast", sagte sie. „Das Pflaster in der Stadt wird heute sehr heiß sein."
Es waren schneeweiße, gebügelte Taschentücher. Sie paßten gar nicht in diesen schmutzigen Waggon und an den schmutzigen Fuß.
„Danke", sagte Werner und wickelte sie um seine nackte Fußsohle.
„Wo sind denn unsere Säcke?" rief Achim und tappte, noch schlaftrunken, im Kreis herum.
„Aber sie sind doch weg!" rief Werner.
„Ach ja", seufzte Achim. „Ich wollte ihr nämlich wenigstens den Sack schenken. Den hätte sie gut brauchen können. Jetzt haben wir gar nichts für sie, außer uns selber."

Aber Werner hörte nicht zu. Er schaute durch den Spalt hinaus und rief begeistert: „Die ersten Häuser von Glauchau! Sieh mal, so schön ist Glauchau!"
„Schön?" fragte der Gepäckmann. „Wüßte nicht, was schön sein sollte an Glauchau. Der häßlichste Ort an der ganzen Strecke!"
„Ihr zieht mich aber doch noch aus dem Bahnhof raus, nicht wahr?" fragte der Breslauer leise.
Werner nickte zerstreut. Durch die Luke starrte er gespannt hinaus, als der Zug bremste und langsam in den Bahnhof einfuhr. Es konnte ja sein, daß die Mutti zufällig gerade auf dem Bahnhof war...
„Nun wünsch ich euch eine gute Heimkehr", sagte der Gepäckmann und winkte, sobald der Zug hielt, einen Eisenbahner herbei, der den Bahnsteig kehrte.
„Endstation! Alles aussteigen!" brüllten die Schaffner.
Alle Waggontüren öffneten sich, Passagiere und Gepäck quollen heraus. Der Bahnsteig füllte sich, ein Menschenstrom staute sich vor der Sperre.
Der Bahnsteigkehrer half Gerda und den Adameks aus dem Gepäckwagen. Gemeinsam hoben sie den Leiterwagen auf den Bahnsteig herab und setzten den Breslauer hinein. Die Koffer wurden hinter seinem Rücken aufgestapelt. Gerda schnürte sie an den Sprossen fest. Ungeduldig umkreisten die Adameks den Wagen. Sie konnten es kaum erwarten, bis Gerda mit ihrem Strick fertig war, den sie aus mehreren Stücken zusammenknoten mußte.
Es dauerte endlos, bis sich alle Angekommenen mit Sack und Pack durch den engen Durchgang gezwängt und ihre Fahrkarten abgegeben hatten. In

CHAU
24410 Dre
3

diesem Gewühl war es sinnlos, nach der Mutti auszuschauen. Wenn es der Zufall wollte, daß sie hier war, so wartete sie sicher hinter der Sperre.
Sie gehörten zu den Allerletzten, die den Bahnhof verließen. Noch stand ihr Zug auf dem Gleis, auf dem er gekommen war. Der Gepäckmann war jetzt damit beschäftigt, zusammen mit zwei anderen Eisenbahnern die Särge auszuladen. Er winkte den Breslauern und den Adameks noch einmal zu, bevor sie die Sperre passierten. Die Breslauer winkten zurück, und Gerda rief: „Danke für alles!" Aber die Adameks hatten ihn schon vergessen. Ihre Gedanken waren längst vorgeeilt in die Kantstraße.
Der Mann an der Sperre öffnete ihnen ein Seitentor und ließ sie den Wagen durchziehen. Sie zogen ihn bis auf den Bahnhofsvorplatz, der, voll von Menschen und Gepäck, in der Nachmittagssonne glühte. Die Mutti war nirgends zu sehen. Die Bahnhofsuhr stand, sie zeigte fünf nach acht.
Werner ließ die Deichsel los und sagte hastig: „Also wir gehen jetzt."
Sie vergaßen zu danken, sie vergaßen sogar, sich zu verabschieden. Sie rannten einfach fort. Gerda hob den Arm, um ihnen nachzuwinken, aber als sie sah, daß sie sich nicht mehr umdrehten, ließ sie ihn wieder sinken.
„Wildenfels, Marktstraße vier!" rief ihnen der Breslauer nach, aber sie waren schon zu weit weg, sie hörten ihn nicht mehr.

Wie die Adameks ihre Eltern wiederfanden

Sie fragten sich durch bis zur Kantstraße. Sie lag ziemlich am anderen Ende der Stadt. Gewiß, sie brauchten kein Gepäck zu schleppen, aber die Taschentücher an Werners Fuß lösten sich immer wieder. Und der Asphalt war so heiß!

Sie hasteten an einem Brunnenbecken vorüber. Werner tauchte den verbundenen Fuß samt den Tüchern ins Wasser und humpelte weiter. Bis zur nächsten Straßenecke ließ er eine nasse Spur zurück.

„Lauf doch nicht so schnell", jammerte Achim. „So schnell bist du noch nie gelaufen!"

Werner bemühte sich, langsamer zu gehen. Sie kamen an ein paar Ruinen vorüber, an toten Fassaden, an Trümmerhaufen, die die Bürgersteige unter sich begraben hatten. Sie waren notdürfig zur Straße hin mit Bretterwänden abgezäunt.

„Hier ist ja nicht die Kantstraße", sagte Werner zu Achim.

Aber Achim wollte sichergehen. Er fragte eine alte Dame, die sich an einem Stock an den Trümmern vorbeitastete.

„Die Kantstraße?" fragte sie. „Immer geradeaus weiter, dann die vierte Querstraße rechts. Mein Gott, wie seht ihr denn aus? Wo habt ihr euch denn herumgetrieben?"

Werner gab keine Antwort. Er nahm Achim an der Hand und rannte weiter. Sie zählten die Querstraßen, aber da war auch eine Sackgasse und daneben ein schmales Gäßchen nur für Fußgänger. Galten die mit? Sie fragten wieder, diesmal einen Mann, dem eine Hand fehlte.
„Seht ihr dort hinten die Ecke mit der Litfaßsäule?" fragte er zurück. „Dort fängt die Kantstraße an."
Atemlos rannten die Adameks auf die Litfaßsäule zu und spähten in die Kantstraße hinein. Ihnen klopfte das Herz bis zum Hals. Kugelig beschnittene Bäume, zweistöckige, dreistöckige Häuser mit Erkern und kleinen Fenstern, Seitenwand an Seitenwand, Geschäfte im Erdgeschoß.
„Dort ist Nummer drei", keuchte Werner. „Das Haus ist noch ganz!"
Sie stürmten hinüber auf die andere Straßenseite, auf das Haus Nummer drei zu. Da waren zwei Türen: Die eine gehörte zu einem kleinen Lebensmittelladen und stand offen. Werner spähte hinein. Eine weißhaarige Frau in einem schwarzen Kittel hantierte hinter der Theke. Es war nicht Tante Leni.
Er drückte die Klinke der anderen Tür auf. Sie führte in ein Treppenhaus. Da war auch eine Wohnungstür, und Werner zog Achim an der Hand so nah vor diese Tür, daß sie das Schild lesen konnten: THEODOR BÄRWALD.
„Vielleicht wohnt sie oben?" hauchte Achim.
Er schnaufte vor Aufregung.
Sie schlichen die Treppe hinauf und erschraken, als sie knarrte. Sie blieben stehen und lauschten. Hier oben war es sehr still. Es roch nach Seife. Sie versuch-

ten das Schild an der Tür im ersten Stock zu entziffern. Es war mühsam, in diesem Dämmerlicht des Treppenhauses die Buchstaben zu erkennen. Aber da stand es – da stand es ja: LENI MENK!
Werner stieß einen Ton aus, der so klang, als ob ein Hund leise jaulte.
„Komm", flüsterte er, „wir klopfen beide."
Sie näherten sich der Tür mit zitternden Fingern und lauschten. In der Wohnung war es ganz still. Weiter oben, im zweiten Stock, knarrte eine Tür, jemand kam die Treppe herunter. Die Adameks zogen ihre ausgestreckten Hände zurück und drückten sich an die Wand.
Es war eine alte Frau. Sie blieb vor den Jungen stehen und fragte mißtrauisch: „Was habt ihr denn vor?"
„Ist Frau Menk nicht zu Hause?" fragte Werner mit einem Kloß im Hals.
„Ich hab sie hinten im Hof gesehen", antwortete die Frau. „Bei den Wäschepfählen. Sie wird wohl gleich raufkommen."
Sie sagte noch etwas, aber die Adameks hörten ihr nicht mehr zu.
Werner rannte die Treppe hinunter. Achim stürzte ihm nach. Sie fanden die Hintertür nicht gleich. Sie gerieten in ein Klo, dann in einen Lagerraum des Ladens, der leer stand, aber schließlich entdeckten sie doch den Hinterausgang und stürzten hinaus. Sie blinzelten in die Sonne, in den Hof, der rotgolden schimmerte – und dort, zwischen Leintüchern und Hemden, reckte sich Tante Leni zur Wäscheleine und unterhielt sich mit jemand, den man nicht sah – die echte, alte Tante Leni.

„Tante Leni! Tante Leni!“ schrie Werner und rannte auf sie zu. Achim, der sich nicht mehr an sie erinnern konnte, zögerte und blieb neben der Mülltonne stehen.
Tante Leni drehte sich erstaunt um, dann begriff sie und schrie auf: „Werner! Achim! Mein Gott, die Kinder, so sieh doch, die Kinder sind da!“
Sie fing Werner auf, der mit offenen Armen auf sie zulief.
Im selben Augenblick wurde es lebendig zwischen den Leintüchern und Handtüchern, sie bauschten sich, sie wurden zur Seite geschoben wie Vorhänge, ein Kopfkissenbezug fiel von der Leine. Kreidebleich, mit aufgerissenen Augen stand da Mutti Adamek! Sie sah Achim neben der Mülltonne stehen, sie hastete auf ihn zu, hob ihn hoch, drehte ihn im Kreis und küßte ihn ab. Dann ließ sie ihn hinabgleiten und drückte Werner an sich. Sie lachte und weinte durcheinander und machte sein Gesicht mit ihren Tränen naß.
„Stellt euch vor, ihr Buben“, sagte Tante Leni, der auch die Tränen über die Wangen liefen, „eure Mutter war vier Wochen unterwegs, um euch zu suchen, Sie ist erst vorgestern zurückgekommen.“
„Daß ihr wieder da seid –“, schluchzte Frau Adamek. „Und ich hab schon gedacht, ihr seid tot –“
Sie kniete sich auf die Erde und küßte Werners nackten Fuß ab. Das fand Achim so komisch, daß er lachen mußte.
„Aber jetzt gehen wir hinauf“, sagte Tante Leni und schneuzte sich. „Euer Vati ist doch oben. Der wird Augen machen!“

Als der junge Ramon Caldera aus dem Gebirgsdorf in die große Stadt kommt, hat er zunächst ungewöhnliches Glück: Er findet Arbeit, einen Freund und eine Frau. Die Calderas kaufen ein Haus, bekommen Kinder, und eigentlich geht es ihnen ganz gut. Ihr Unglück beginnt, als der Vater nach einem Arbeitsunfall arbeitslos wird. Sie müssen ihr Haus verkaufen und in das Viertel der Ärmsten vor den Toren der Stadt ziehen. Der Hunger treibt die Kinder schließlich zum Betteln und Stehlen. Doch das will der Vater in seinem Stolz nicht dulden. Verzweifelt sucht er nach einem Ausweg.

Gudrun Pausewang, die das Buch

Die Not der Familie Caldera

geschrieben hat, war längere Zeit als Lehrerin an deutschen Schulen in Chile und Venezuela. Sie greift in diesem Buch auf eigene Erlebnisse in Südamerika zurück.

Die Göttinger JuBu-Crew, eine Gruppe junger Leser, wählte dieses Buch der Ravensburger Jungen Reihe zum BUCH DES MONATS.

Ravensburger Junge Reihe